Vincent Brault

Le fantôme
de Suzuko

Gallimard

Vincent Brault est né à Montréal en 1978. Il est l'auteur de trois romans parus au Québec aux Éditions Héliotrope, *Le cadavre de Kowalski* (2015), *La chair de Clémentine* (2017) et *Le fantôme de Suzuko* (2021), finaliste du prix des Libraires du Québec et le premier à paraître en France en 2024. Il a également publié chez le même éditeur une enquête ethnographique et littéraire sur les fantômes du Québec, *Les ombres familières* (2023).

À Su, pour m'avoir amené à Tokyo

Oui, un vide infini s'étend sur
toute chose, le vide de l'absence.

KAWAKAMI HIROMI

1

— Pardon, je ne suis pas certain de sonner à la bonne adresse… c'est Ono Ayumi qui m'a invité, mais… j'ai oublié mon téléphone… alors de mémoire…

Des voix et de la musique électronique à l'intérieur de la maison.

— Tu es au bon endroit, entre ! Ayumi sera heureuse de te voir !

— Ah oui ?

— Bien sûr ! Je vais la chercher.

Je me déchausse dans le vestibule. Puis je presse fort les paumes contre mes yeux clos. Ça brûle. Tellement étrange d'être de retour. J'inspire. Je souffle lentement. J'inspire encore. Ça devrait aller.

Je ne suis venu chez Ayumi qu'une ou deux fois. La musique répétitive de Takamasa. Une vingtaine de personnes dans le salon. Trois filles en one-piece métallique devant le divan bas, courbé, filiforme. Lumière froide. De celles qui rendent la peau transparente. Plancher de béton verni. Murs de béton brut. Fissures et trous. Deux bandes de fenêtres qui ouvrent sur une petite cour intérieure. Là se trouvent quelques personnes que je reconnais. Bas de nylon noirs. Blouses lâches et beiges. Chemises grises. Jupes cintrées au-dessus du nombril. Vestons cramoisis. Pantalons fins, droits ou moulants. Je détonne. Et pas seulement à cause de mes jeans et de mon vieux chandail de laine brun. Je sens mauvais. Je me suis douché ce matin mais j'ai pris deux avions et deux bus depuis. J'ai fait une heure et demie de vélo aussi.

Tout ça à cause du tremblement de terre.

D'ailleurs j'ai toujours mon casque de sécurité à la main. Un casque orange aussi voyant que les trois filles en one-piece. Mais moins chic. On me salue. On me sourit. Puis on chuchote des choses que j'entends à moitié.

— Il était avec Suzuko…

— … j'ignorais qu'il était revenu…

— Je l'imaginais autrement…

— … tout le monde la connaissait, Suzuko…

— Je me demande ce qu'on a fait de sa tête…

Envie de m'enfuir tout à coup mais quelqu'un me demande ce que je fais avec ce casque de sécurité.

— Euh… oh… c'est à cause du tremblement de terre, je me suis fait surprendre, tu ne l'as pas senti ?

— Hééé ! Non pas du tout !

Il rit.

— C'est que j'ai perdu l'habitude, je suis sorti sans mon téléphone, ni mon portefeuille, ni mes clés, alors j'ai pédalé depuis Sumida.

— Waa ! Mais c'est à vingt kilomètres !

— Je n'ai pas eu le choix. Heureusement que j'ai une bonne mémoire, j'ai pu retrouver sans trop de difficulté la maison d'Ayu…

Son teint d'hiver. Pommettes saillantes.

— Ayumi ! Je pensais que ce serait trop serré pour venir, puis, eh bien…

— Oh ça me fait plaisir de te voir, Vincent !

Elle se jette chaleureusement dans mes bras.

— Le temps passe si vite. Trois mois déjà depuis la dernière fois.

— Oui.

Elle recule d'un pas. La pâleur de ses jambes. Leur reflet sur le plancher de béton verni.

— C'est bien que tu sois là… vraiment.

Puis elle plonge son visage entre ses mains. Pour rire ou pour pleurer.

— Ça va, Ayumi ?

— Ça va.

Elle prend une grande inspiration avant de forcer un sourire.

— Es-tu arrivé à Tokyo aujourd'hui ?

— Oui, il y a quelques heures. Je pensais que…

— Arrête. Tu me raconteras plus tard. Viens, attrape un verre pour commencer.

Ono Ayumi a étudié l'histoire de l'art à Londres, où elle a passé toute sa vingtaine. Elle doit avoir 36, 37 ans, mais si je la croisais dans la rue, je lui en donnerais dix de moins.

Elle dirige une galerie d'art contemporain située au rez-de-chaussée du plus magnifique édifice de Ginza, un gratte-ciel si léger, par grand vent on dirait qu'il pourrait s'envoler. La première fois que j'y suis entré, c'était pour assister au vernissage de Li Yi-Fan.

6 h 51. Les chiffres rouges. Les draps blancs. Les bords du lit comme des falaises. Personne à gauche. Ni à droite. C'est... Ah oui... Après la fête... Chez Ayumi. Sûrement encore. Sa chambre. Matin ou soir ? Aucune idée. Décalage horaire. La maison complètement silencieuse. Mes jeans par terre au pied du lit. Mon t-shirt plié sur la table de chevet. Le corps lourd. J'aimerais continuer à dormir mais je me lève, enfile mes jeans, mon t-shirt. Il sent merveilleusement bon. J'enfouis mon visage à l'intérieur. L'odeur du savon à lessive japonais. Ça me rend tout chose. Je sors de la chambre.

— Ayumi ?

Ni dans le salon ni dans le jardin ni dans la cuisine. Tout est parfaitement rangé. Propre déjà. Je retourne dans la chambre. J'ai furieusement envie de prendre une douche mais je commence par refaire le lit. Et j'aperçois un carré de papier par terre. Il a dû tomber de la table de chevet quand j'ai enfilé mon t-shirt.

Cher Vincent,

Tu dors et je n'ose pas te réveiller, mais il est 14 h et je dois partir. J'ai rendez-vous à la galerie, ensuite je mange avec des collègues. Je t'en prie, fais comme chez toi et ne te gêne pas pour prendre une douche ! J'ai lavé ton t-shirt et ton chandail de laine. Ne me remercie pas, je devais faire une lessive de toute manière. J'ai laissé ton t-shirt à côté du lit (tu l'as sans doute déjà trouvé). Ton chandail de laine est sur la corde dans le jardin. J'espère qu'il sera sec lorsque tu te réveilleras.

Au cas où tu aurais oublié... je te rappelle qu'hier (ou plutôt ce matin très tôt) tu as accepté de venir parler de Suzuko à la galerie.

Alors nous t'attendons mercredi, 15 h. J'espère que je ne t'ai pas trop forcé la main ! Tu n'as rien à préparer, vraiment, ce ne sera qu'une petite rencontre informelle, je n'inviterai que des gens que tu connais. De toute manière on s'écrit d'ici là. Allez, bon retour à Tokyo. Passe une belle fin de journée. Et à très bientôt.

Ayumi

Je file directement sous la douche. La salle de bain se remplit de vapeur. Mes poumons aussi. Mon cerveau. Ça fait du bien. Mais c'est bizarre, je ne me souviens pas qu'Ayumi m'ait invité à sa galerie pour parler de Suzuko. La fatigue, sans doute. Le décalage horaire. L'alcool. Je me suis réveillé dans son lit. Le divan a l'air dur comme de la roche. On a dormi ensemble ? Je ne crois pas. Simplement, j'ai dû tomber de fatigue. Décalage. Alcool. Oui. Sans doute. Elle a dormi en boule sur le divan filiforme. Ou pas. Ou un peu. M'enfin. Sinon je me souviendrais de quelque chose. Il faut que je sorte de la douche. Le plancher trop glacé. Le gardien de mon immeuble part à 22 h. Il faut que je rentre avant sinon il n'y aura personne pour me déverrouiller la porte. Et impossible de m'inviter à dormir chez Ayumi deux nuits de suite. Ah je pourrais aller chez Pavle. Il habite à Sumida lui aussi. Pas très loin de chez moi. Mais il ne sait pas que je suis rentré. Il fait si bon sous la douche. Dehors si froid. Pas plus que 6 °C. Aucune espèce d'envie de rentrer à vélo. La nuit. Encore. La douche. La vapeur. La chaleur. Encore.

Je ferme la porte derrière moi et immédiatement je regrette le confort de la maison d'Ayumi. J'enfourche mon vélo. La route sera longue. Il pleut. Ou pas vraiment. Les gouttes ne tombent pas, elles restent en suspension et forment un infini mur de bruine dans lequel je m'enfonce. Je roule. D'abord dans une rue sans trottoirs, étroite, bordée de maisons à deux étages. Genre Gropius. Des façades en béton sans fenêtres apparentes. Puis une station-service à l'intersection qui ouvre sur une rue commerciale. Je tourne à droite devant un 7-Eleven et roule jusqu'à la station Yoyogi-Hachiman. J'emprunte à pied, à côté de mon vélo, le passage souterrain sombre et bondé qui passe sous la voie ferrée. Shibuya. La bruine se transforme en pluie. Certains passants déplient un magazine au-dessus de leur tête. D'autres y mettent un sac ou une sacoche. Les plus prévoyants ouvrent un parapluie. Moi je roule, casque de sécurité orange sur la tête, au bord d'un canal que je ne reconnais pas. J'essaie pourtant d'emprunter à rebours le chemin d'hier. Mais j'ai dû tourner trop tard ou trop tôt. Je ne suis jamais passé par ici.

Et je vois tout à coup Suzuko traverser un carrefour. De dos.

Les gouttes de pluie restent suspendues en l'air. Je n'ai plus froid. Un instant. Jusqu'à ce que Suzuko disparaisse derrière un immeuble. Puis la pluie recommence à tomber. Je me précipite au coin de la rue mais il n'y a personne. Ou plutôt pas de Suzuko. J'avance. Les yeux grands ouverts. Je sillonne les rues du quartier. Toujours rien. Je perds mon chemin. J'ai froid. C'était sans doute quelqu'un d'autre. Il faut que je rentre. Avant 22 h pour que le gardien puisse m'ouvrir. Je tourne à droite. À gauche. Perdu. À moins que… Ah oui, il me semble que… Voilà… Une large rue illuminée. La pluie tombe plus fort. Des cordes épaisses et glacées. Les jeans collés aux cuisses. Des rigoles d'eau sur le bord des trottoirs, dans mon cou, dans mon dos, le long de mes jambes. Les rues scintillent. Je tremble. Il faut que j'arrive avant 22 h. Absolument. Mais je n'avance plus. Je passe deux minutes à une intersection. Trois minutes à une autre. Hésitant. Un panneau indique 4 °C, 7 janvier 2018. Des gens courent, je n'arrive à arrêter personne. De toute manière je ne saurais trop quoi demander. Le quartier Sumida se trouve à dix kilomètres encore. On me dirait de prendre le métro mais les vélos y sont interdits. Et même. Je n'ai ni argent ni cartes sur moi. Le tout à l'appartement. J'avance. Il faut. Je tourne à gauche. Un long boulevard qui mène sous une des autoroutes aériennes qui traversent la ville. Enfin. Je roule dessous. À l'abri des cordes de pluie. Et je reconnais à ma droite la devanture du musée d'art Mori. Ah ok. *Mother* de Louise Bourgeois devant. Roppongi. Ça va. Je me repère. Enfin. Je n'ai qu'à suivre l'autoroute aérienne vers l'est. Elle est perchée cent mètres en l'air. Complètement silencieuse. Voilà. Shinbashi. Et le bar où… Suzuko et moi… Suzuko. Encore. J'y pense sans interruption depuis que je suis rentré. Les rues. La pluie. Les arbres. Les corbeaux. Les chats. Tout me la rappelle. Je traverse Ginza par la grande artère commerciale. Ici je connais bien. Suzuko avait son atelier tout près. Je passe le canal. Je tourne à droite.

Le fleuve Sumida.

Je nage d'une rive à l'autre. Enfin c'est comme si. Station Morishita. L'appartement se trouve derrière. Tout près.

J'accote mon vélo au mur.

Je sonne.

J'attends.

Personne à la réception.

Il est passé 22 h. Mon chandail de laine rigide.

De la glace on dirait. Le corps bleu. Je m'assois par terre devant l'immeuble. Allonge les jambes. Le sol dur et froid. Les yeux qui ferment tout seuls mais je ne m'endors pas. Il pleut toujours à verse et le portique ne me protège qu'à moitié. Il faudrait que j'aille sonner chez Pavle. J'espère qu'il habite toujours à côté. Une voiture passe en éclaboussant les trottoirs. J'ai faim. Je me frotte le visage. Les doigts engourdis. Les joues froides. Transi. La boîte de nourriture de survie accrochée au porte-bagages de mon vélo. Je me souviens. Je l'ai prise avec le casque en sortant de l'appartement hier.

Hier. J'étais extrêmement fatigué. Je me suis affalé sur le futon puis instantanément assoupi. Jusqu'à ce qu'un craquement sourd me réveille. Une sorte de coup de tonnerre souterrain. La vaisselle s'est mise à sautiller dans les armoires, la porte de la salle de bain à glisser sur sa glissière, ma valise à rouler toute seule d'un bout à l'autre de l'appartement, les murs à se plisser. Mon corps une barre de fer. La lampe sur pied qui tanguait. D'un bras j'ai voulu l'empêcher de me tomber dessus. Elle s'est écrasée sur le plancher. L'ampoule a explosé. Des éclats de verre partout. La tête enfouie sous l'oreiller. Agrippé au futon. La bâtisse produisait d'affreux cracs d'os. Puis subitement tout est redevenu parfaitement immobile et silencieux. J'ai desserré la poigne. Sorti la tête de sous l'oreiller. Me suis habillé en vitesse. Pris le casque et la boîte de nourriture de survie à côté de la porte. Je suis sorti sans mon téléphone ni mon portefeuille ni mes clés. J'ai dévalé les quinze étages par l'escalier de secours jusque dans la rue. Un gros monsieur est passé devant moi à vélo, lentement, des sacs d'épicerie accrochés au guidon. Un homme et une femme ont traversé le carrefour. Main dans la main. Leur ombre glissait mollement sur la chaussée qu'illuminaient une série de lampadaires, tous plantés droit dans l'asphalte. Pas de sirène. Pas de feu. Pas de débris. J'ai attendu deux minutes une réplique qui n'est pas venue.

J'étais embarré dehors.

Maintenant j'éparpille la nourriture de survie entre mes jambes. Quatre barres énergétiques. Des cubes de sucre. Du thé. Un briquet. 500 millilitres d'eau. Je croque dans une barre. Elle est dure et sèche. Je bois toute l'eau pour dissoudre la première bouchée mais il m'en faudrait davantage pour avaler l'affaire sans m'étouffer, alors j'avance les mains en cuillère sous la pluie sauf que je n'avais pas vu la femme qui s'en venait, je lui accroche les cuisses sans faire exprès. Elle sursaute. Je crache au creux de ma main gauche le morceau de barre à moitié mâchée.

— Pardon, je suis désolé.

Elle m'ignore et plonge maladroitement une main dans le sac qui pend à son épaule en même temps qu'elle secoue un imposant parapluie noir.

— Ah vous habitez ici ?

Elle dit « oui » tout bas sans vraiment m'adresser la parole.

— Vous me sauvez, j'ai oublié mes clés à

28

l'intérieur, est-ce que vous auriez la gentillesse de me laisser entrer, s'il vous plaît ?

— À quel étage êtes-vous ?

— Au quinzième.

— J'habite aussi au quinzième et je ne vous ai jamais vu.

— C'est que je suis arrivé hier… mais j'ai habité ici, avant, avec Arai Suzuko, peut-être que vous avez déjà entendu parler d'elle…

— Oh… Désolée, j'ai emménagé il y a deux mois seulement.

— Elle était connue, je veux dire, Suzuko.

Mais la dame fait comme si je n'avais rien dit, elle pousse simplement la clé dans la serrure.

— Je suis sorti précipitamment, hier, à cause du tremblement de terre…

— Un tremblement de terre ? Je n'ai rien senti.

— Il n'a causé aucun dommage, de toute évidence, mais un désordre incroyable dans mon appartement.

Elle me dévisage en plissant les yeux.

— Vous parlez bien japonais.

— Merci.

Elle ouvre la porte.

— Mais je ne peux pas vous laisser entrer.

— Ah c'est gentil.

Je me faufile à l'intérieur.

— J'ai dit que je ne pouvais *pas* vous laisser entrer !

— Ah pardon, j'ai mal compris.

— Au contraire, vous avez très bien compris !

Elle me bloque le passage. Je garde le sourire.

— Oh je vous serais éternellement reconnaissant si vous me laissiez au moins dormir dans le hall.

Ça la déstabilise.

— Il y a des caméras de surveillance, vous savez.

— J'habite ici, je vous le jure. Le gardien me connaît. J'espérais arriver avant 22 h… Il m'aurait ouvert la porte.

Elle jette un œil à sa montre.

— Il est 21 h 45.

— Ah c'est qu'il doit se…

Mais elle ne me regarde ni ne m'écoute plus. J'en profite pour jeter à la poubelle la motte de barre énergétique que j'ai crachée il y a deux minutes. Et j'aperçois le gardien qui dort, recroquevillé sur une chaise à roulettes, jambes croisées devant un écran cathodique. Je cogne à sa vitre. Il ouvre des yeux gris puis sort de son bureau en boitant, le dos courbé, une canne à la main qu'il pointe en direction de la dame, l'air énervé. Il a dû entendre une partie de notre conversation puisqu'il lui explique qu'il me connaît et que j'habite bel et bien au quinzième étage. Elle se confond en excuses en appuyant dix fois sur le bouton de l'ascenseur pour le faire arriver plus vite. En vain. Son regard bas. Sa mine exagérément honteuse.

— Ce n'est rien, voyons, c'est moi qui ai

oublié mes clés à l'intérieur, c'est complètement de ma faute.

— Mais non, je vous demande pardon, j'aurais dû vous croire.

— Vous n'avez pas à vous excuser du tout.

Elle pleure presque. Le visage effondré. Et le vieux gardien la sermonne comme si c'était une enfant.

— Non non, tout est de ma faute.

Mais plus je m'excuse, plus le gardien hausse le ton contre la dame qui fléchit les épaules, mains sur les genoux, comme si elle attendait qu'on lui coupe la tête.

Les portes de l'ascenseur s'ouvrent enfin. Elle s'y engouffre. Je suis soulagé. Mais le soulagement ne dure qu'un instant car le gardien la somme de nous attendre.

Dans l'ascenseur, l'air se fait rare. Je suis trempé. Vêtements lourds. Poumons froids. Une flaque sous les semelles. La dame reste dans son coin. Parapluie fermé. Visage tourné vers le mur. Je cherche quelque chose à dire mais je ne trouve rien. Le gardien ne prononce pas un mot non plus. Il brasse son trousseau de clés. Mains calleuses. Ongles fendus. L'ascenseur monte extraordinairement lentement.

Quinzième étage.

Enfin.

Le gardien débarque. Je fais signe à la dame de sortir tandis que j'empêche les portes de se refermer. Sans me regarder elle court à petits pas en direction de son appartement. Le gardien plante une clé dans ma serrure. La dame plante une clé dans la sienne trois portes plus loin.

— Voilà, c'est ouvert, avez-vous besoin d'autre chose ?

— Non, je vous remercie infiniment.

— Ce n'est rien… et désolé encore pour cette dame, elle manque de savoir-vivre.

— Mais non, je vous assure que tout est de ma faute.

— Oh les femmes sont comme…

Mais je ne lui laisse pas le temps de finir sa phrase. Je verrouille la porte derrière moi, me déchausse, et abandonne mes vêtements trempés par terre au fur et à mesure que j'avance dans l'appartement. Et c'est bizarre. Ma valise est droite sur ses roulettes au pied du futon. La table n'a pas bougé. La vaisselle dans les armoires non plus. Et pas une miette de verre sur le plancher. Hier l'ampoule de la lampe de chevet a pourtant éclaté en mille morceaux. Et je n'ai rien rangé ni rien ramassé avant de sortir. Étrange. Je n'ai quand même pas halluciné… L'appartement est parfaitement en ordre, comme s'il n'y avait jamais eu de tremblement de terre.

Trois jours plus tard je me rends à la galerie Ono pour la rencontre à laquelle Ayumi m'a convié. Je n'ai rien préparé. Quelques anecdotes en tête, c'est tout. Mais la galerie est bondée. Les hommes en chemise. Détendus mais pas trop. Les femmes en jupe ou en robe. Adidas ou Onitsuka Tiger aux pieds. Canette de Yebisu à la main. Conversations polies. Je me sens mal. Ayumi m'avait pourtant dit qu'elle n'allait inviter que des gens que je connais mais je ne connais pratiquement personne. Envie de revirer de bord. Si j'avais su qu'il y aurait tant de monde, je me serais préparé autrement. Au minimum j'aurais traîné quelques notes. Ayumi fend la foule dans ma direction. Ses lèvres carmin.

— Contente de te voir, j'adore cette couleur orange brûlé (elle pince la manche de mon chandail entre son pouce et son index). Le tissu est doux en plus.

— Oh c'est Suzuko qui m'a offert ce chandail, c'est mon préféré.

— Je vois.

— Hey Ayumi, d'où est-ce qu'ils sortent, tous ces gens ? Tu m'as écrit que ce serait une petite rencontre informelle…

— Oh mais l'événement est parfaitement informel, regarde-moi, par exemple.

Elle descend les mains de chaque côté de ses hanches comme dans une pub de linge des années 1980. Robe noire parfaitement ajustée, simple et courte. Collants cobalt.

— Euh… je ne vois pas très bien ce qu'il y a d'informel dans ta tenue. Elle est parfaite.

— Et ces vieux sneakers alors ?

Elle lève les talons et fait pivoter ses pieds l'un après l'autre. Ses Adidas sont à peine abîmés.

— Ben…

— D'accord, j'avoue que j'ai un peu perdu le contrôle sur les invitations !

Elle rit.

— Pardon mais si Suzuko attire les foules, ce n'est quand même pas de ma faute. Tout le monde l'aimait.

— Oh Ayumi, ne parle pas de Suzuko au passé, ça m'arrache le cœur.

Elle baisse le regard une seconde, puis se force ensuite à me sourire. Ses lèvres forment une terrible grimace.

— Viens, les gens ont hâte de t'entendre. Ne t'inquiète pas, tout se déroulera parfaitement bien.

Elle glisse sa main au creux de mon coude. Mes yeux vitreux tout à coup.

— Je suis là, Vincent, courage.

Je laisse échapper un soupir.

— Oh mais on annule si tu préfères, aucun problème.

— Non, j'ai envie de parler de Suzuko. Je… Elle était tellement… Je…

— Oh c'est affreux de parler d'elle au passé, c'est vrai. Je suis désolée.

— Mais non, c'est ma faute.

— Non c'est moi, pardon.

Je penche légèrement la tête vers l'avant.

— Bon… Allez Ayumi, trêve d'excuses. On commence quand tu veux.

Je m'installe au fond de la galerie, debout. Une quarantaine d'hommes et de femmes s'assoient devant moi sur des chaises disposées en rangées. Ayumi me présente avec beaucoup d'affection. Je suis ému. J'ouvre la bouche mais je ne parle pas. Pas immédiatement en tout cas.

Les gens quittent peu à peu la galerie. On me remercie poliment pour ma présentation mais j'ai peur d'avoir déçu tout le monde. Je me dirige vers la sortie. Ayumi m'y accompagne et on s'arrête côte à côte sous le cadre de porte.

— Je suis épuisé.

— Ne t'en fais pas, Vincent, c'était très bien.

— Merci mais ce n'est pas ça. Je... Ce n'est pas facile...

— Je sais, tout le monde l'a senti, ne t'inquiète pas, tu parles de Suzuko avec tellement... avec tellement de tendresse.

— Je cherchais tout le temps mes mots.

— C'était parfait.

— Et je ne me suis rendu nulle part. En plus j'ai bu quatre ou cinq bières un peu trop vite. Toutes celles que ton assistant m'a servies. J'ai mal au cœur.

Je mets un pied dehors.

— Attends Vincent, serais-tu libre samedi, par hasard ?

— Euh… je pense que oui.

— C'est que j'aurais une proposition à te faire…

— Ah bon ? Laquelle ?

— Peux-tu passer à la galerie samedi à 14 h ? Je te dirai à ce moment-là. J'aimerais…

Mais on m'empoigne par-derrière avant qu'elle ait le temps de finir sa phrase. Je me retourne. Un homme grand, barbe de communiste, anneau de bœuf dans le nez.

— Hey ! Pavle !

— Non mais qu'est-ce que tu fais ici, Vincent ? T'aurais pu me dire que t'étais de retour en ville !

— Je suis arrivé il y a moins d'une semaine… mais j'ai pensé à toi !

Il m'écrase dans ses bras. Ça me réénergise instantanément.

— Ayumi, tu connais Pavle Jovovic ?

— Oh Suzuko m'a souvent parlé de lui, mais on ne s'est jamais présentés officiellement.

— Enchanté.

— Ravie.

Ils s'inclinent l'un vers l'autre. Pavle me donne quelques tapes sur les épaules, tout sourire.

— Eh bien je vous laisse vous retrouver, d'accord ? J'ai du travail.

— Au plaisir.

Elle part.

— Pavle, tu peux pas savoir comment Tokyo m'a manqué !

— Je quitte jamais la ville, je peux pas savoir, en effet. Tu vas rester combien de temps cette fois-ci ?

— Je sais pas trop, pour l'instant j'ai seulement un visa de trois mois.

— Et t'habites où ?

— Toujours à Sumida, toi ?

— Bah moi j'avais envie de changer un peu, on vient d'acheter, avec Minori, un petit studio dans Ueno.

— Génial ! Vous êtes devenus milliardaires ?

— Héhé, pas vraiment. Pour l'instant c'est à peine si on a un toit et un plancher, on a tout arraché.

— Vous rénovez ensemble, Minori et toi ?

— Oui.

— J'ai hâte de voir ça, ce sera magnifique, c'est certain.

— J'espère, mais pour l'instant c'est plutôt style Sarajevo 1995 !

— Tout à fait ton genre.

— Tu me connais.

— C'est clair.

— Qu'est-ce qui te ramène à Tokyo ?

— Ben... à vrai dire...

Pavle recule d'un pas.

— Attends Vincent, t'habites encore à Sumida ?

— Oui, je viens de le dire.

— Me dis pas...

— Me dis pas quoi ?

— Me dis pas que t'as fait ça !?

— Euh… fait quoi ?

— Non… t'as quand même pas repris l'appartement où t'habitais avec Suzuko !?

Il pose ses deux grosses mains sur mes épaules. Elles pèsent lourd.

— Fuck ! C'est malsain !

— Ben… j'ai rien trouvé d'autre.

— Arrête ! Y a je sais pas combien de millions d'appartements à Tokyo !

— Oui mais je connais le gardien, tu sais comment c'est, ça peut être compliqué de trouver un appartement qui a de l'allure dans un des quartiers centraux, surtout quand t'es étranger.

— Mais tu parles parfaitement japonais !

— Bah pas tant que ça, quand même.

Il lève les yeux au ciel.

— C'est pas grave, Pavle, c'est un bel appartement.

— Non mais on s'en fout qu'il soit beau ! Là n'est pas la question !

Il m'attire derrière un des montants d'acier qui structurent l'entrée de la galerie.

— Écoute, je connais plein de monde à Tokyo, je suis certain que je peux te trouver un appartement.

— Merci mais c'est pas nécessaire.

— Ce serait beaucoup mieux.

— Ça me fait du bien d'habiter là.

Il secoue la tête, exaspéré.

— Non.

— Non quoi ?

— Impossible que ça te fasse du bien !

— Bah...

— Viens donc dans Ueno ! Ce serait génial ! Tout le monde migre dans ce coin-là ces temps-ci !

J'appuie une épaule sur la façade de verre de la galerie. De l'autre côté, un assistant d'Ayumi mesure l'espace entre deux murs à l'aide d'un ruban. Je le regarde faire en silence une minute.

— Anyway... Qu'est-ce qui t'amène à Tokyo, mis à part le goût de renifler des vieilles affaires ?

— C'est pas des vieilles affaires.

— C'est vrai... Pourquoi t'es rentré ?

— C'est pas facile...

— Bah c'est sûr qu'en habitant dans le même appartement...

— Arrête avec ça !

— Ok ok.

Pavle se radoucit.

— Comment tu t'en sors, sinon ?

— Ben je sais pas. Je fais juste penser à elle. En rentrant l'autre soir j'ai même eu l'impression de la voir dans la rue.

— Oh... c'est sans doute normal.

— C'est comme si elle était toujours là. Partout. Je la sens.

— Moi aussi je la sens, un peu, des fois. C'était mon amie.

— Je sais.

Il me serre dans ses bras.

— Je suis là, si jamais. Pour vrai.

— Merci Pavle.

— On ira se soûler bientôt.

— Avec joie. Et tu me montreras Sarajevo 1995.

— Ah certainement !

Pavle Jovovic est un peintre d'origine serbe. Un des rares étrangers à avoir été naturalisé japonais. Il confectionne des œuvres immenses, des pans de mur où il mêle les motifs qui composent traditionnellement les tapisseries serbes et les tapisseries croates. Bien sûr, je ne sais jamais d'emblée quels motifs sont serbes et lesquels sont croates. C'est d'ailleurs là toute l'affaire : on se fait la guerre en pensant qu'on est radicalement différent. Et puis non.

Il est arrivé à Tokyo à l'âge de 18 ans, comme réfugié, le 3 février 1995. Sa mère et son père, sa petite sœur, ses grands-parents, plusieurs de ses cousines et cousins, des amis et des voisins. Tous morts. Dans la rue ou à la maison, en voiture, dans la cuisine ou dans la chambre à coucher, au champ, au bureau, au combat. Toujours sous les bombes.

Le samedi suivant, comme prévu, je me présente devant la galerie Ono à 14 h. Mais la porte d'entrée est verrouillée. À l'intérieur, un jeune homme perce un trou dans un mur, couché à plat ventre sur le béton. Je cogne. Le jeune homme lève la tête, lâche ses outils et vient m'ouvrir. Son visage m'est familier. Sans doute un des assistants d'Ayumi.

— Pardon de vous déranger mais j'ai rendez-vous avec Ayumi à quatorze heures…

Il plisse les yeux.

— I'm sorry but I don't speak Japanese.

— Oh I thought you were Ayumi's assistant, sorry. I'm Vincent.

— Li Yi-Fan.

— Oh ! I saw your exhibition here two years ago !

Il se masse inconsciemment le poignet gauche.

— Oh yeah… that exhibition…

— I'm glad you survived !

— Haha, yes, I'm glad too. I lost quite a bit of blood that night.

Puis Ayumi apparaît tout à coup à l'autre bout de la pièce, comme sortie de nulle part. On la regarde, Li Yi-Fan et moi, fendre l'espace dans notre direction. Légère. Souriante. Elle agrippe affectueusement Li Yi-Fan par les épaules. Puis elle lui demande « how's the installation going ? » avec un accent britannique impeccable.

— Very well, thanks.

— Fantastic. Vincent and I are going out for lunch, but my assistants will be staying in, so if you need anything, please do not hesitate to ask them. Or you can of course call me if you prefer.

— No worries Ayumi, I'll be fine.

Elle lui lâche les épaules et glisse son bras au creux de mon coude avant de m'entraîner vers la sortie. Je n'ai jamais connu une Japonaise aussi tactile.

Avenue Shōwa.
La foule du midi.

— Te souviens-tu de la dernière expo de Li Yi-Fan ?

— Je me souviens surtout qu'il est parti en ambulance.

— Oh oui, misère, la presse n'a parlé que de ça. Heureusement qu'il y a eu ton article pour rattraper le coup.

— Mon article ? Ça m'étonnerait qu'il ait été lu par plus que trois personnes.

— Oh t'exagères ! La rédaction de la revue *Initiales* compte au moins quatre personnes...

— Haha, tu as raison !

— Je suis heureuse d'exposer à nouveau son travail. Viendras-tu au vernissage ? Il aura lieu la semaine prochaine.

— Bien sûr que je viendrai ! Ça me rappellera des souvenirs, c'est ce soir-là que j'ai visité l'atelier de Suzuko pour la première fois.

— C'est aussi la première fois qu'on s'est rencontrés, toi et moi.

Elle me serre contre elle tandis qu'on continue à avancer. Je la regarde. On dirait qu'elle flirte. Je fonce dans quelqu'un sur le trottoir.

— Oh pardon.

On bifurque à gauche pour emprunter une rue piétonne, étroite et achalandée.

— C'est ici.

Elle me lâche le bras.

— Quoi ?

— Spécialités singapouriennes. Ça vient d'ouvrir. Bio. Délicieux. Ces dernières semaines, j'ai souvent fait une heure de métro juste pour venir.

— Comme une femme enceinte.

— Hahaha oui mais non.

On entre.

Un parfum de caramel et de piment.

Ayumi achète pour nous deux une dizaine de plaquettes de viande pressée. Le kiosque ne

46

vend que ça. Pas de table ni de comptoir pour manger. Un simple corridor exigu et bondé. Mais une terrasse vient d'être inaugurée sur le toit. On y monte en ascenseur.

Dix-huitième étage.

Des pots et des jardinières. Quelques tables et tabourets de bois. Et une sorte d'estrade sur laquelle on va s'asseoir. À notre gauche une femme seule, gobelet à la main. Cheveux aux épaules et frange parfaitement droite. Un peu plus loin une autre femme, seule aussi, consulte son téléphone. Lunettes de soleil. Corbeaux. Vent et poussière.

— Pour l'instant, personne ou presque ne connaît l'existence de cette terrasse. L'édifice n'est pas suffisamment haut pour que la vue soit complètement dégagée mais il faut en profiter. En juin ce sera la folie.

— Je vais garder l'emplacement secret, ne t'inquiète pas.

— On peut en parler aux amis, bien sûr.

— Ok… et si jamais je publiais quelque chose – que je nous mettais en scène ici, par exemple – eh bien, je m'assurerais qu'on ne puisse pas facilement retrouver l'endroit.

— Oh qu'est-ce que tu veux dire ? Tu travailles sur un livre ?

— Je ne sais pas trop où ça ira encore, mais oui.

— Et il parle de quoi ?

47

— Hummm… Un truc plus réaliste que d'habitude, je pense, plus personnel, plus… émotivement… difficile à écrire. Mais bon, tu ne m'as sans doute pas invité à luncher pour parler de mes histoires ! Qu'est-ce que tu voulais me demander ?

Elle pose les deux mains sur ses genoux.

— Je me sens mal à l'aise de te demander mais…

— Je t'écoute, Ayumi.

— Est-ce que c'est toi qui as la tête de Suzuko ?

— Sa dernière tête, tu veux dire ? Oui, c'est moi qui l'ai. Pourquoi ?

— C'est… c'est que j'aimerais organiser une rétrospective.

— Hummm…

— Ne crains rien, je ne te l'emprunterais que pour le temps de l'exposition. J'ai déjà joint plusieurs collectionneurs, qui ont pour la plupart accepté de prêter à la galerie les œuvres de Suzuko qu'ils possèdent.

— Je… il n'y a pas suffisamment de matériel à son atelier ?

Elle ne répond pas. Elle baisse les yeux.

— Quoi ?

Ses mains agrippent légèrement ses collants.

— Qu'est-ce qu'il y a, Ayumi ?

— Il y a que l'atelier a été vidé.

— Oh…

— Pardon, j'étais certaine que tu savais…

— Ah non, mais j'aurais dû m'en douter… J'ai été absent trois mois.

— Tout son matériel est en sécurité, ne t'inquiète pas. J'ai un entrepôt à Itabashi. C'est un peu excentré mais...

— Je vois... C'est tout ce dont tu as besoin, sa tête ?

— Qu'est-ce que tu veux dire ?

— Ben c'est ce que tu voulais me demander ?

— En partie seulement... Au fond... ce que j'aimerais... c'est que tu collabores à l'exposition, qu'on la monte ensemble. Vous étiez liés d'une manière si particulière, elle et toi.

Je soupire. Un corbeau sautille sur la rambarde.

— Combien de temps comptes-tu rester à Tokyo cette fois-ci ?

— Aussi longtemps que possible. Mais pour obtenir un visa à long terme il faudrait que je me trouve un boulot... Quelque chose d'officiel. Enseigner l'anglais dans une école, par exemple.

— Oh mais tu détestais enseigner l'anglais !

— Bah non... Je veux dire... Pas tant que ça. De toute manière, je n'ai pas vraiment le choix puisque je veux rester.

— Si tu acceptes de travailler avec moi à l'expo de Suzuko, je t'écrirai une lettre d'embauche avec laquelle tu pourras obtenir un visa de travail de deux ans.

Je sors une plaquette de viande de son enveloppe de papier.

— Une rétrospective sur Suzuko ? Déjà ? Ce n'est pas un peu précipité ?

— Pour que l'expo ait lieu dans un ou deux ans, il faudrait commencer le travail bientôt.

Je ne sais pas quoi dire. Ayumi le sent.

— Prends le temps d'y réfléchir. Ce n'est pas facile… je sais…

Un corbeau atterrit lourdement sur le tabouret à notre gauche. Je presse la plaquette de viande entre mes doigts mais ne la porte pas à ma bouche. Ayumi pose une main sur mon bras.

— Oh Vincent, je ne voulais pas… Pardonne-moi.

Je longe Shōwa-dori à pied vers l'est en tournant et retournant dans ma tête la proposition que vient de me faire Ayumi. Je passe sous l'autoroute aérienne. Je bifurque à droite. Le temps est magnifique, frais et sec. Je respire à pleins poumons. Les rues larges. Les gratte-ciel légers. Des rues vides et des rues achalandées. Jusqu'à Sumida. Mon quartier. Plus tranquille évidemment que Ginza. Je prends à gauche et contourne la station Morishita. Et je la vois. Suzuko. Elle traverse le carrefour en direction de la rue principale. C'est le chemin qu'on prenait ensemble, toujours, pour quitter le quartier.

Elle avance d'un pas sautillant. La courbe de ses épaules. La rousseur de son écharpe.

À vélo j'aurais pu la rattraper facilement. Je regrette de ne pas l'avoir pris pour aller rejoindre Ayumi. Suzuko tourne à droite et disparaît, passé le salon de coiffure du coin. Je tourne moi aussi à droite, à sa suite, sur l'avenue Shin-Ōhashi.

Elle est là. Cinquante mètres devant. Elle file en ligne droite et dépasse tous les piétons.

Je marche vite, ou plutôt, je cours. La distance entre nous rétrécit.

Suzuko s'apprête à traverser le pont. Il fait au moins cinq cents mètres de long. Je vais la rattraper, c'est certain. J'y pense une seconde. Je me sens léger. Terriblement léger. Je ralentis un peu. L'air est plus frais à proximité de l'eau. Rien ne sert de trop se presser. Au milieu du pont je vais la prendre par la taille. Elle va sursauter. Ce sera drôle. J'espère. J'arrange mes cheveux avec mes doigts. Je secoue ma veste. Ça va. Je suis présentable. Mais Suzuko ne monte pas sur le pont. Elle tourne à gauche sur la voie piétonne qui longe le fleuve et disparaît derrière une tour d'habitation. Ce n'est pas grave, je la rattraperai quand même. Elle n'a qu'une vingtaine de mètres d'avance sur moi. Mais quand j'arrive au coin il n'y a personne. En haut le ciel bleu. En bas l'asphalte grise. Et plus bas encore l'eau noire du fleuve.

— Suzuko !

Ma voix se perd platement entre la façade des immeubles et le côté du pont.

Je me sens ridicule.

Je sillonne le quartier durant une heure. Le kiosque de takoyaki devant lequel nous sommes passés mille fois. L'odeur de pâte grillée. L'huile de coco. La pieuvre. L'atelier de sérigraphie où on brasse aussi de la bière. C'est elle qui m'a fait découvrir l'endroit. Les arbres nus. Le club vidéo érotique où on entrait parfois pour rire. Le pachinko de dix étages. Les rues sans trottoirs autour de chez nous. Le canal. On s'y promenait souvent, le soir. Je le longe. Des cyclistes et des coureuses. Le square qui jouxte l'appartement. Sous les bancs, des réserves d'eau et de nourriture en cas de tremblement de terre. Un chat traverse la rue. Suzuko se serait arrêtée pour le caresser. Je passe tout droit. Je tourne la clé dans la serrure au rez-de-chaussée. Le bruit du mécanisme. Le poids de la porte. L'odeur toute particulière de Suzuko dans le hall d'entrée. Dans l'ascenseur. Dans l'appartement. Une odeur de fourrure et de salive, de cuir et de colle, de poussière et de sucre.

Le 20 janvier. 21 h 30. Ueno. Un bar popu-
laire. Comptoirs de bois patiné. Plancher miné-
ral. Étonnant plafond de marqueterie. Tuyaux
d'aération métalliques. Pavle m'attend sur un
tabouret devant l'impressionnante baie vitrée.
On se serre chaleureusement dans nos bras.

— Content de te voir !

— Moi aussi !

— J'ai déjà commandé le saké. Ça te va ?

— Parfait. Je commanderai ce qui suit. Kampaï !

— Hey j'ai réussi à te trouver un appartement !

— Oh Pavle tu commences raide.

— Quoi ? C'est un endroit génial, pas loin
d'ici. Un ami architecte part travailler à Rome
de février à juin.

Dehors il commence à neiger. De gros flocons
mous. Des peaux de lièvre.

— Il s'apprêtait à engager une entreprise
pour arroser ses plantes et dépoussiérer l'appartement durant son absence, t'imagines ! Il

te louera pas cher. Ça te donnera le temps de trouver un boulot. Et puis tu seras tranquille pour écrire. C'est grand tu vas voir.

Derrière la baie vitrée des gens prennent en photo la neige qui tombe, les lumières de la nuit, les reflets azur et rose et lime.

— Alors, qu'est-ce que t'en penses ?

— Ben… Je préfère rester à Sumida pour le moment, je me sens bien dans le quartier. Et puis j'ai mes habitudes d'écriture à l'appartement. J'adore la vue, elle m'inspire, j'y suis attaché, tu comprends ?

— Bah non, pas trop en fait.

Je vide mon verre de saké et me ressers.

— Je veux dire, oui, évidemment, je peux comprendre que tu veuilles rester à l'appartement où vous avez vécu ensemble, Suzuko et toi. Mais en même temps je pense que tu serais mieux ailleurs. Sa présence est incrustée dans les murs, dans les draps, partout. Je te l'ai déjà dit, c'est pas sain.

— Hummm…

— L'hallucines-tu encore ?

— C'était peut-être pas des hallucinations…

Il vide son verre d'une traite et nous ressert, l'air déçu.

— Bah ok, mais c'est dommage pour l'appartement de mon ami parce que c'est un espace intéressant. La vue est belle, aussi. Faudrait que tu viennes visiter avant de prendre une décision, non ?

Je ne réponds pas. Je vide mon verre.

— Il restera inhabité si tu le prends pas. D'ailleurs, l'occasion était trop belle, j'ai déjà dit à mon ami que tu allais t'occuper de ses plantes. Maintenant il faudra que je lui explique pourquoi ça fonctionne pas… Je déteste décommander à la dernière minute.

— Ben là c'est ton problème, franchement, je t'ai absolument jamais dit que je voulais déménager.

— Je sais mais ce serait fou de pas le faire.

Il roule les manches de sa chemise. Avant-bras tachés de peinture.

— Au fond c'est toi qui veux que je déménage, pas moi. Je comprends pas…

— Attends, tu me reproches de vouloir ton bien ?

— Mon bien ? Je t'ai dit au moins dix fois que je veux pas déménager. Peut-être plus tard mais pour l'instant non. Je suis pas prêt.

— En tout cas, Ayumi aussi pense que…

— Arrête d'insister Pavle ! Je m'en fous de ce que pense Ayumi !

— Fuck Vincent, écoute, ça va pas, ça se voit, t'as des cernes épouvantables sous les yeux.

— C'est le décalage horaire.

— Hey ça fait deux semaines que t'es rentré ! Non, t'es… je sais pas…

Il remplit nos verres de saké.

— Écoute, je veux juste t'aider un peu. C'est pas normal que tu croises Suzuko dans la rue.

En plus tu sens des tremblements de terre quand y en a pas.

— Je suis sensible aux tremblements de terre, je l'ai toujours été, je les sens même quand ils sont très petits.

— Imperceptibles, tu veux dire.

— C'est pas le sujet.

Il inspire profondément. On vide nos verres sans parler, le visage tourné vers la rue. Des gens passent. La neige s'accumule à peine au sol.

— Je commande autre chose ?

Il secoue la tête.

— Tu serais beaucoup mieux dans Ueno…

— Non mais ça suffit, Pavle ! Je m'en crisse de ce que tu penses !! Ça t'est jamais venu à l'esprit de me demander ce que je pense, moi !? Non mais à qui est-ce que tu veux rendre service !? Je m'en fous que ton ami parte à Rome ! Je m'en fous que son appartement soit génial ! Je déménagerai pas juste parce que ça ferait son affaire que j'arrose ses plantes ! Non mais shit !

Je fais claquer mon verre sur le comptoir.

Pavle déroule ses manches de chemise, lentement, prend son manteau et sacre son camp.

Moi je reste. Je tremble. Mains crispées. Ça ne va pas, c'est vrai. Je souffle. Du mal à respirer. Pavle traverse la rue. Tuque enfoncée sur la tête. Je lèche ce qui reste de saké au fond de mon verre mais il n'y a qu'une goutte.

Fuck. Suzuko passe sur le trottoir.

Là. Juste devant la baie vitrée. Sa démarche incomparable. Ses mains gantées de laine. Ses hanches et ses épaules. Si fines. Je pourrais me précipiter dehors, lui courir après, la rattraper. Mais je reste à l'intérieur. Je dis tout bas, comme si elle pouvait m'entendre, « allez, tourne la tête, Suzuko, allez, tourne la tête, regarde, je suis ici, regarde, tourne la tête ». Mais elle continue son chemin comme si je n'existais pas.

J'enfourche mon vélo mais je ne rentre pas. Besoin de pédaler. Au hasard vers le sud, puis vers l'est en longeant la rivière Kanda. La trace de mes pneus dans la fine couche de neige. Des péniches amarrées. Toutes blanches. Les bruits de la ville partiellement absorbés. 0 °C. Mitaines. Bandeau. Coupe-vent. Akihabara. On s'y promenait de temps en temps, Suzuko et moi. Des nuits d'hiver comme celle-ci. Pour le plaisir. Il y a du monde. Des jeunes et des vieux. Des commerces ouverts après minuit. Des adolescentes en costume d'écolière qui tentent d'attirer les ivrognes au sous-sol d'établissements louches. Les buildings comme des tubes radioactifs. La neige. Un hiver nucléaire. La catastrophe de Fukushima il n'y a pas dix ans. Ça me traverse l'esprit. J'habitais alors Osaka. Des collègues ont sur le coup voulu émigrer en Europe ou en Amérique mais le temps a passé et ils sont restés au Japon. Osaka est loin de Fukushima et a somme toute peu souffert de la catastrophe.

Tokyo, en contrepartie, enregistre encore en 2018 un taux de radioactivité anormalement élevé.

Il neige maintenant de petits grains piquants.

Je sillonne le quartier en zigzaguant d'une rue à l'autre. Au fond je ne veux pas rentrer à l'appartement. Pavle a raison. Il vaudrait sans doute mieux que je déménage. Mais je ne sais pas. Ce n'est pas si facile. Je passe dix fois de suite au même endroit sans m'en rendre compte. La lumière si vibrante. Des femmes en kimono phosphorescent, les paupières rose bonbon, des paillettes aux joues. Akihabara. Quartier des insomniaques. Suzuko ressentait parfois le besoin d'aller y recharger ses batteries. Je roule lentement dans la rue et sur les trottoirs, j'observe, je regarde, je scrute, c'est plus fort que moi, je me dis que Suzuko finira bien par apparaître au coin d'une rue. Mais je ne vois que des formes vides. Son corps découpé çà et là dans la lumière. Formes noires. En creux. L'impression de ce qui manque. La présence de l'absence.

Je finis par rentrer. Je traverse le hall. Je prends l'ascenseur. Quinzième étage. Mon appartement. Je tire la porte. Un courant d'air glacé. J'allume et me déchausse. Il fait presque aussi froid dedans que dehors. Je vais fermer la fenêtre par laquelle de la neige s'est infiltrée. Elle a laissé une traînée d'eau claire jusque sous le futon. Je croyais pourtant avoir tout fermé avant de partir. J'ai la tête ailleurs. C'est ce que je me dis en essuyant le plancher avec un linge à vaisselle. Je l'essore au-dessus de l'évier. Je vais me coucher. Je suis épuisé.

Les jours suivants je les passe à vélo. À errer.
D'un quartier à l'autre. Les pistes cyclables. Le
bord des canaux. Les cimetières d'Aoyama et de
Yanaka. Les arbres noirs et l'herbe morte. Tous
les chemins que nous avons tracés ensemble.
Suzuko et moi.

Tous les soirs je m'installe à la table de cuisine. Devant le mur de fenêtres. Dehors la ville. Le stade de Ryōgoku. Le Skytree. Le ciel d'hiver. Le fleuve Sumida, froid et noir.

Mon ordinateur sur la table. Les doigts posés sur le clavier comme sur les touches d'un synthétiseur. Ce que j'écris s'écrit tout seul. La nuit silencieuse derrière le mur de fenêtres. Plus de soixante pages depuis que je suis rentré à Tokyo.

J'écris ce livre avec elle.

Sans elle.

Je me sens perdu, seul, désemparé. Des tonnes d'impressions. Par à-coups. Des phrases les unes après les autres. Syncopées. Son nom souvent. Son nom partout. Dans chaque mot. Dans chaque paysage. Dans la profondeur de l'écran. Dans l'épaisseur des pages.

Suzuko.

Il est tard. Le métro aérien ne traverse plus le fleuve. Un panneau publicitaire pour des popsicles aux petits pois. Les zébrures orange et noires illuminées d'un viaduc. Une clôture en treillis, verte, abandonnée sur le toit de l'immeuble d'en face. Mon carnet de notes Muji, gris, sur la table à gauche de mon ordinateur. Le foulard jaune que Suzuko m'a offert. Un bol vide. L'empreinte indélébile de ses lèvres sur les bords de porcelaine. Sa silhouette sur le balcon. La forme de son corps sous les couvertures.

Bonsoir Vincent

                    Salut

Je te dérange ? Qu'est-ce
que tu fais ?

                    J'écris des trucs, je suis
                    à l'appartement.

Je viens de parler à Pavle.

                    Ah. Qu'est-ce qu'il avait
                    de bon à raconter ?

Il a beau vivre au Japon
depuis vingt ans, sa
délicatesse n'est pas
encore tout à fait
japonaise. Il n'arrive peut-
être pas à le dire comme

il faut, mais il s'inquiète
pour toi.

> Ce ne sont pas tous
> les Japonais qui sont
> délicats tu sais, Ayumi.

Évidemment

> Pavle ne voulait pas
> mal faire, je sais
> bien. Et je sais aussi
> qu'il faudra que je
> déménage, un jour, que
> ça serait bon pour moi,
> d'une certaine manière.
> Mais la conversation
> que j'ai eue avec Pavle
> m'a plutôt donné envie
> de rester. En partie pour
> le contrarier. C'est bête.

C'est sûr que ça ne
pourrait pas te faire de
tort de déménager.
Mais je comprends, c'est
difficile.

> De trouver un
> appartement à Tokyo ?
> C'est clair.

Arrête
C'est pas ça

> Je sais
> Elle me manque
> Tellement
> Je ne sais plus quoi
> faire

Oh passe à la galerie,
allons boire un verre.

> C'est gentil mais je n'ai
> pas très envie de sortir.
> Au fait, je voulais te
> dire, pour l'expo sur
> Suzuko, qu'on collabore
> ensemble pour la
> monter, je pense que
> c'est mieux si je te dis
> non tout de suite.

Ne t'en fais pas pour ça.
Je pensais que ça aurait
pu te faire du bien.
Qu'as-tu fait des notes
que tu as prises l'an
dernier ?

Elles sont dans mon
ordinateur.
Je te les envoie si tu
veux, mais je t'avertis,
c'est du français.

Ok. Je te demanderai, si
jamais.
(*'︶')
As-tu trouvé un boulot en
enseignement ?

Non mais pour
dire la vérité je n'ai
absolument aucune
envie de ça.

Comment vas-tu faire
pour obtenir un visa,
alors ?

Je ne sais pas. Je
retournerai peut-être
juste vivre à Montréal.

Quoi !? Mais tu disais que
tu voulais rester à Tokyo !

Pavle et toi avez raison,
il faut que je déménage.

Mais attends ! On
n'a jamais voulu dire
déménager du Japon !

Qu'est-ce qui me
retient ici ?

Le fantôme de Suzuko

Haha
Raison de plus de
rentrer à Montréal !

Écoute, je ne dis pas
ça pour te mettre de
la pression, mais je
vais te faire un contrat
d'embauche.
Avec, tu pourras obtenir
un visa de deux ans.
Aucune obligation de
travailler pour aucune
exposition.
Juste un contrat, c'est
tout.

Je vais y réfléchir

Tu réfléchiras plus
tard. Le contrat sera
prêt dans une semaine.

Juste un papier. Aucune
obligation, je t'assure !
Au moins tu pourras
rester à Tokyo.

Tu me sauves

Ce n'est rien

Ce n'est pas rien. Merci
<3

Ne me remercie pas

Bon. Je ne te remercie
pas alors.

Haha
Viens-tu au vernissage de
Li Yi-Fan demain ?

Non

Viens ! Ça te fera du
bien ! Il y aura beaucoup
de monde que tu connais !

Hummm. Ok. Peut-être.
Mais faut que je te
laisse.
J'aimerais terminer ce

soir le chapitre que je
suis en train d'écrire.

Oh pour le livre dont tu
m'as parlé ?

Peut-être
J'espère
Oui

Le 1er février. Galerie Ono bondée. DJ discret dans un coin. Pavle installé au bar. Il fait deux têtes de plus que tout le monde. Je longe un mur. Aucune envie d'aller lui parler pour l'instant. J'attrape la canette de Yebisu que me tend un assistant d'Ayumi. Ayumi. Elle discute avec Li Yi-Fan au milieu de la galerie. Je lui envoie la main quand nos regards se croisent. Elle me sourit. Je salue deux ou trois connaissances en passant mais je n'engage de conversation avec personne. Pas très envie d'être ici. Je pense à Suzuko. J'aurais peut-être dû rester à l'appartement.

C'est la deuxième exposition de Li Yi-Fan qu'organise Ayumi. La dernière fois, c'était il y a deux ans ou presque. Et à première vue, le concept est le même. Li Yi-Fan a percé une vingtaine de trous dans les différents murs de la galerie. Pour glisser la tête dans les plus hauts il faut monter sur de minces escabeaux, pour glisser la tête dans les plus bas se placer à quatre pattes ou s'étendre à plat sur le ventre. Je m'arrête devant un trou situé à la hauteur de mes épaules. Je lis d'abord ce qui est écrit sur le carton collé à droite de l'œuvre (une scène d'orgie savamment décrite). Puis je plonge la tête dans le trou. Où tout est noir. J'attends qu'une projection commence. J'attends encore. Jusqu'à ce que je commence à deviner la présence de corps les uns sur les autres dans l'obscurité. Quelques gémissements dans mes oreilles. Mais ce n'est peut-être que l'écho étouffé des bruits de la galerie. Ou simplement mon imagination stimulée par ce que je viens de lire sur le carton.

Je sors la tête du trou.

À ma gauche une femme est étendue sur le ventre, tête plongée dans la seule ouverture percée au ras du sol. J'admire sa hardiesse. Elle porte un hoodie blanc neige qui assurément ne sera plus blanc lorsqu'elle se remettra debout. Son dos forme une vallée étroite, la pointe de ses omoplates des montagnes acérées. Un paysage d'hiver. Elle balance distraitement les mollets en l'air. Jambes longues. Chinos gris ajustés, trois quarts. Chaussettes noires. Puma turquoise et jaune brûlé. On dirait un dessin animé tellement elle est bien faite. Moi j'ai un grand nez. C'est toujours ce qu'on finit par me dire. J'ai mis longtemps avant de comprendre qu'au Japon « vous avez un grand nez » est un compliment. D'ailleurs, la taille de mon nez n'a rien d'excessif. J'y pense. Voilà plusieurs minutes que la tête de la femme est dans le trou. Ça m'intrigue. J'appuie une main au mur en attendant mon tour. Dans la salle on discute poliment. On boit. On rigole un peu mais pas trop. Elle sort la tête du trou, se retourne, s'assoit dos au mur. Et je sursaute en voyant son visage. Plus précisément ses paupières. Elles sont épaisses et rougeoyantes, bordées d'une fine ligne vermillon humide, comme si on avait découpé le tour au scalpel. Je reste figé un moment avant de pouvoir parler.

— Pardon, est-ce que tu as terminé ? Je peux regarder dans ton trou ?

— C'est pas mon trou.

Je n'ai pas le temps de rougir. Elle me fait signe de venir la rejoindre par terre. Je m'allonge à plat ventre. La fraîcheur du béton. Je plonge la tête dans l'ouverture.

J'y reste une minute, puis je m'assois dos au mur à côté de la femme.

— Ça te plaît ?

— Oui. Hummm… Ça me fait penser au film d'Ozu, *Voyage à Tokyo*. À un moment, deux personnages montent dans la tour de Tokyo pour admirer la ville. Ozu ne filme que leurs visages, jamais ce qu'ils voient. C'est bizarre. On donne habituellement à voir au spectateur ce que les personnages regardent. Champ, contrechamp. Ozu nous le refuse. Et c'est ce qui rend la scène si puissante. Parce qu'elle est amputée de moitié.

— Le manque, c'est ça ?

— Oui. Toi, tu aimes ?

— Beaucoup.

— Pourquoi ?

Elle frotte son chandail.

— Parce que j'ai sali mon hoodie tout blanc.

— Haha.

— Tous ces gens si bien habillés... je parie que personne d'autre que nous deux ne s'allongera par terre devant toute la clique. C'est beau, vu d'ici, pourtant. Regarde toutes ces jambes... on dirait une forêt.

— Avec une canopée de petites culottes.

— Haha, oui, et regarde, lui, il porte des chaussettes de Pokémon !

— Oh c'est cute.

On rit.

Elle prend des photos.

Toutes ces jambes. Grises. Noires. Bleues. Nues. De l'ombre et de la lumière. Du tissu et de la peau. De la bière renversée. De petites flaques collantes. Un spectacle devant lequel je passerais des heures. La femme scrute elle aussi la foule avec attention. De longs souliers traversent la salle. Ceux de Pavle. J'irai peut-être lui parler tout à l'heure, finalement, pour m'excuser de m'être énervé l'autre soir. Je vois les jambes d'Ayumi. Nues. Elles approchent. S'arrêtent un mètre devant nous.

— Je suis contente de te voir profiter comme personne de l'exposition, Vincent.

Je lève la tête.

— Oh oui, tout est super, vu d'ici, j'aime beaucoup.

— On va manger après le vernissage, avec la bande, tu te joins à nous ?

— Avec plaisir.

Je resterais bien assis mais elle me tend une main pour m'aider à me lever. Puis elle m'entraîne à travers la foule jusqu'à ce qu'un de ses assistants vienne lui chuchoter quelque chose à l'oreille. Elle soupire en levant les yeux au ciel.

— Bon, je dois régler un petit problème...

— Ah ok.

— On se rejoint tout à l'heure.

— Parfait.

Je me retourne. La femme est derrière moi. Debout. Paupières comme des cerises trop mûres.

— Pardon mais on ne s'est pas présentés. Moi c'est Vincent.

— Ravie de te rencontrer. Je m'appelle...

Elle hésite. Elle regarde à droite, à gauche, l'air de chercher quelque chose.

— Je... Je m'appelle Kana.

Après le vernissage nous allons manger dans un restaurant chinois situé derrière la station Takarachō. Bruyant. Sombre. Envahi par la fumée de cigarette. Une longue table rectangulaire. Vingt personnes autour. Pavle et moi coincés l'un à côté de l'autre dans le tournant de la banquette. Kana sur une chaise à l'autre bout de la table. Entre les deux un buffet impressionnant. Toutes sortes de boules laquées. Rubis ou émeraudes. Des galettes, des beignets au parfum de miel, de piment, d'herbe et d'océan. Des légumes verts et jaunes et rouges. Des racines et des crustacés. Il y a même un bol plein de ces larves blanches et dodues apparemment si populaires en Chine. J'ignorais qu'on pouvait en trouver au Japon. J'en attrape une du bout des baguettes, que je porte à mes lèvres. Sur ma langue. Je fais rouler. Charnu. Mais l'affaire se déchire facilement. Une impression d'œuf mollet. Le jaune coulant, onctueux, légèrement acidulé. Kana porte aussi une larve à ses lèvres. L'aspire. Paupières closes, sanguines, boursouflées. Joues creuses comme si elle suçait un citron. Elle avale quand même trois larves de suite avant de se pencher loin au-dessus de la table, baguettes pointées, attrapant tout ce qu'elle peut et se le fourrant en bouche comme une affamée. Ses voisins discutent entre eux en évitant de lui adresser la parole. C'est du moins l'impression que j'ai. Je n'aurais peut-être pas dû l'inviter.

Pavle m'agrippe par les épaules.

— Comment vas-tu, Vincent ?

— Ça va.

Il me serre chaleureusement un instant et c'est comme si on ne s'était jamais fâchés. Toute animosité dissipée en une seule étreinte. On cale les verres qu'on a devant nous.

— Mon ami a finalement trouvé quelqu'un pour s'occuper de son appartement durant son absence, t'inquiète pas.

— Oh c'est tout oublié, aucun problème.

Il remplit nos verres. Je vide le mien en deux gorgées.

— Dis donc Pavle, tu vois cette femme à l'autre bout de la table ?

— Laquelle ?

— Celle qui dévore tout, là. Je l'ai rencontrée tout à l'heure… Tu la connais ?

— Euh… (il ne regarde pas exactement en direction de Kana) pourquoi est-ce que tu me poses la question ?

— Pour rien, comme ça.

Pavle remplit à nouveau mon verre jusqu'à ce

qu'il déborde. J'aspire le trop-plein de liquide avant de vider le reste d'une traite. Du baijiu. Ça tape.

— C'est bizarre, Pavle, il faut que je te dise…

— Quoi ?

— Après qu'on s'est rencontrés l'autre soir… j'ai vu Suzuko passer devant le bar.

— Ah.

— Depuis que je suis rentré à Tokyo, je la vois souvent.

— Oui, tu me l'as dit l'autre jour.

Puis il garde le silence de longues secondes, l'air accablé. Il penche lourdement la tête vers l'avant, les mains sur la table. J'attrape un bébé calamar avec les doigts. Je me le fourre en bouche. J'adore. Il empoigne son verre, le cale d'une traite et nous ressert. Je regarde dans le vague. Il plante ses baguettes noires dans son bol de riz blanc. Comme des bâtons d'encens de funérailles. Le signe qu'il pense à Suzuko, je sais.

— Allez Vincent, pour oublier.

Il lève son verre et tout le monde autour de la table fait de même, spontanément.

— Kampaï ! Kampaï !! Kampaï!!!

Les bouteilles vides sont remplacées comme par magie par des bouteilles pleines. Les corps se détendent. Les ceintures se desserrent. Les femmes se rendent à la toilette et reviennent cent fois plus belles. Les hommes écrasent leurs mégots de cigarette à même leur bol de riz, enlèvent leur cravate et déboutonnent leur chemise. Les paupières de Kana flamboient dans la pénombre boucaneuse. Deux lanternes. L'atmosphère se réchauffe. Ça change de place autour de la table.

Des regards jetés entre Kana et moi.

Les hommes se dégourdissent autour d'elle.

Ayumi vient me rejoindre dans le tournant de la banquette. Elle est passablement éméchée. Je le suis pas mal aussi. Elle attire mon visage dans son cou. Kana fond dans sa chaise en me fixant. Le dos soudain misérablement voûté. Le hoodie blanc constellé de sauce, on dirait un dripping de Jackson Pollock. Et ses paupières. Tellement enflées qu'elles lui dévorent la moitié de la figure. Je n'ai d'yeux que pour elles. Je me lève avec l'intention d'aller m'asseoir près de Kana mais Ayumi me retient par la taille. Ce n'est rien. Ayumi se permet toujours plus d'affection avec les Occidentaux. Ce n'est pas moi. En tout cas je pense. Ou je ne pense plus. Trop d'alcool. Ça va. Mais je veux aller rejoindre Kana. En boule sur sa chaise, maintenant. Kana. Si joyeuse il n'y a pas dix minutes. Ayumi remplit mon verre. Je me le renverse complètement dans le cou. Le verre de trop. Il n'y a plus vingt personnes autour de la table mais quarante, cinquante, soixante. Mon corps anéanti dans la banquette. L'odeur aigre du siège. Le tintement des verres. Le cliquetis des ustensiles. Le bruit visqueux des déglutitions. Le frottis sec des briquets. Le grésillement du tabac. Les paupières ardentes de Kana.

Et.

Plus rien.

Salut Kana. Désolé pour
hier soir, je t'ai invitée
au resto et on ne s'est
pas parlé de la soirée.
J'aurais au moins pu te
dire au revoir ! (x_x)

Oha Vincent. Ne sois pas
désolé, c'est moi qui suis
partie précipitamment.

Ah oui ? Je n'aurais pas
dû boire autant. Ça va ?

Oui, merci. Mais j'ai
beaucoup trop mangé, hier,
je ne sais pas ce qui m'a
pris, j'étais affamée. À la fin
je me suis sentie mal.

Ça arrive

ヾ(≛^ω^≛)ﾉ

Ça te dirait d'aller boire
un verre la semaine
prochaine ?

Serais-tu libre demain
après-midi ?

Pas certain que j'aurai
fini de cuver le baijiu
d'hier...

｡:ﾟ(｡ﾉω＼｡)ﾟ･｡

En même temps je me
sens déjà mieux (o_O)

15 h, station Ikejiri-
Ōhashi ? On pourrait aller
se promener au jardin
Meguro.

Oh j'adore cet endroit !

ﾟ+｡:.ﾟヽ(*'∀')ﾉﾟ.:｡+ﾟ

Waa ! Côté kaomoji, je ne
suis pas de calibre \ (O...O) /

À demain ! ヾ(･ω･*∪

Le jardin Meguro se trouve au faîte d'une structure de béton de sept étages, au cœur d'un enchevêtrement d'autoroutes, elles-mêmes situées à hauteur des sixième, septième, huitième étages. On monte en ascenseur. Après-midi magnifique. 5 °C. Plein hiver. Sec. La cime enneigée du mont Fuji, au loin entre les gratte-ciel. Le bleu cristallin du ciel. Presque personne au jardin. De jeunes cerisiers plantés aux abords des sentiers. Leurs fines branches sèches et noires. Sans feuilles ni fleurs. Avec corbeaux.

Nous marchons côte à côte, Kana et moi, et je ressens très fort la présence de sa main gauche qui se balance un centimètre à ma droite. Les jointures de nos doigts s'effleurent parfois naturellement. J'ignore si elle le sent elle aussi.

— J'ai entendu parler d'une expo collective organisée par la galerie 3331… Le vernissage aura lieu dans trois semaines, ça te dirait qu'on y aille ensemble, Kana ?

— Avec plaisir. Un ami à moi exposera justement une œuvre à cette occasion.

— Ah oui ? C'est qui ton ami ?

— Pavle Jovovic (puis elle cache sa bouche derrière ses mains comme si elle avait parlé trop vite).

— Oh mais je le connais ! Il ne m'a pas dit qu'il allait exposer à 3331 !

— Hééé… en fait, je pense que je ne suis pas vraiment censée le savoir, moi non plus. Oublie ce que je viens de te dire, d'accord ? Il veut sans doute garder sa participation secrète… C'est un peu l'esprit de l'expo.

— Ah ok… je vais faire comme si de rien n'était devant lui. Tu le connais comment, Pavle ?

Elle ne répond pas. On arrive au bout du sentier. Un épais mur de verre nous sépare d'un énorme échangeur. Des voitures s'engouffrent en silence sous le jardin.

— Je dois partir bientôt, Vincent. Je… j'ai une réunion à 16 h 30.

— Oh, c'est pas grave.

16 h déjà.

Nous descendons du jardin par l'escalier abrupt qui mène à la rivière Meguro, que nous longeons cent mètres en amont, jusqu'au métro Ikejiri-Ōhashi. Puis nous restons figés l'un devant l'autre un instant devant la station. J'ai envie de lui demander pourquoi ses paupières sont si rouges. Rouge corail. Rouge flamme. Épaisses et chatoyantes. Après tout, elle porte cette rougeur extraordinaire comme si c'était la teinte de paupières la plus naturelle du monde. Elle me regarde droit dans les yeux. Elle attend peut-être que je complimente le raffinement de son maquillage… ou que je m'enquière de sa santé oculaire… Mais… je ne voudrais pas l'insulter en insinuant que ses paupières ont l'air malades si elles sont maquillées, et inversement, je ne voudrais pas louanger son maquillage si ses paupières suintent d'infection. Alors je ne dis rien. Je regarde. Ses paupières à peine entrouvertes. Voluptueuses et invitantes. J'ai terriblement envie de les embrasser. Mais Kana disparaît dans la bouche de métro avant que je n'aie pu tenter quoi que ce soit.

Des centaines de personnes sortent du métro. Des centaines de personnes y pénètrent. À intervalles réguliers. Et je crois apercevoir Suzuko au moins dix fois. Suzuko. Je réalise que je n'ai pas pensé à elle une seule seconde lorsque je me promenais en compagnie de Kana. Kana. Elle me plaît, c'est sûr. Mais en même temps. Quatre mois et demi ce n'est rien. Quatre mois et demi. Seulement. À peine. Depuis la mort de Suzuko. Le 15 septembre 2017. Tellement proche et tellement loin. Hier comme il y a une seconde. Demain comme dans mille ans. Ailleurs. Peu à peu. La peine. Va et vient. Sans raison apparente. Les choses auraient pu tourner autrement. Les choses peuvent toujours tourner autrement. Les vies possibles qu'on ne mène pas. Si seulement j'avais. Et Kana maintenant. Kana. Le désir de me laisser aller. Pour l'instant. Rien de plus. Rien de grave. Ça vibre. Quelque chose vibre. À l'intérieur. De ma poche. Oh mon téléphone. Qui me ramène à la réalité. La bouche du métro. Des centaines de personnes qui s'y engouffrent. Suzuko nulle part. Je prends mon téléphone. Si jamais c'est Kana je vais lui écrire que j'ai eu envie de l'embrasser avant qu'elle parte. Peut-être. Pour voir. Comme ça. Parce qu'il faut profiter du temps où il n'y a encore rien à perdre.

Merci pour la promenade,
c'était sympathique. Je
suis désolée d'avoir dû
partir si vite)||o•–•)/

        Mais non ne t'excuse pas.
        C'était parfait. Le jardin
        Meguro, c'est mon endroit
        préféré au monde !

Le mien aussi !

        J'espère que ta réunion
        ne sera pas trop
        pénible. Il fait si beau.
        Et c'est samedi ! Au
        fait... c'est quoi cette
        réunion ?

Oh c'est mon arrêt, je
dois descendre. Allez, à
bientôt !
ヽ(=•ω•=)ﾉ

Attends. Je voulais
te dire que... eh bien,
j'aurais eu envie de
t'embrasser devant le
métro tout à l'heure.
M'aurais-tu laissé
faire ?

J'ai ressenti la même
chose

Tu as ressenti que tu
voulais m'embrasser
ou tu as ressenti
que je voulais
t'embrasser ?

Secret (o˘‿˘o)

On va prendre un verre
après ta réunion ?

Je risque de sortir passé
22 h...
Est-ce que c'est trop tard
pour toi ?

Non c'est parfait

Disons 22 h 30 ? Gare

d'Ebisu ? Je serai tout
près.

Génial

Sortie est

Ok, à tantôt

22 h 25. Gare d'Ebisu. Sortie est. Kana n'est pas encore arrivée. J'ai cinq minutes d'avance. J'aimerais m'asseoir quelque part mais il n'y a pas un seul banc public à proximité. 22 h 30. 22 h 45. J'attends. Un panneau indique 2 °C. Je sautille sur place pour me réchauffer. 22 h 55. Toujours aucun signe de Kana. Je vais de l'autre côté de la rue pour la voir approcher. Il y a foule. Peur de la manquer. Je reviens devant l'escalier qui monte vers la station. J'attends. Adossé au mur de briques laquées. Jaune. Me frotte les mains. Les avant-bras. 23 h 07. Toujours aucun signe de Kana. Sortie est. Gare d'Ebisu. C'est bien ça. Je relis dix fois notre dernier échange.

Disons 22 h 30 ? Gare
d'Ebisu ? Je serai tout
près.

Génial

Ok, à tantôt

23 h 12. Elle ne veut pas qu'on s'embrasse. Je n'aurais pas dû le lui demander. C'était trop direct. Elle ne viendra pas. Elle aurait quand même pu m'envoyer un message pour annuler. À moins que sa réunion ne se soit prolongée. Mais aussi tard un samedi ? 23 h 18. C'est bizarre. Il lui est peut-être arrivé quelque chose. 23 h 31. Je n'aurais pas dû flirter avec elle.

23 h 44. Je quitte la gare et commence à marcher en suivant la voie ferrée vers le nord, direction Shibuya. Mais j'en suis loin. Je m'arrête en chemin dans un des nombreux bars plantés sous la voie ferrée. Béton brut. Sombre. Bruyant. Comptoir de bois veineux. Ocre et jaune. Pas plus que huit places. Toutes debout. Un endroit typique. Et typiquement le barman, en me voyant entrer, secoue les mains en répétant frénétiquement « no English ». Je réponds que je peux rebrousser chemin s'il ne veut pas d'étranger dans son établissement mais que je parle japonais (l'essentiel du travail des barmans, dans ce genre d'endroit, est de converser avec les clients, raison pour laquelle ils refusent généralement les étrangers). Il plisse les yeux, l'air soupçonneux, puis m'indique à regret une place libre au comptoir avant de se tourner vers un autre client. Il dépose devant lui une assiette

de tofu mou agrémenté d'oignons verts et de sauce soya. Il revient à moi, essuie le comptoir.

— Où avez-vous appris à parler japonais ?

— À Osaka.

— Waa ! J'ai grandi à Osaka.

— J'adore l'accent du Kansaï. J'étais dans Asahi, vous ?

— Nishi.

— Très beau quartier.

Il sourit.

— Vous êtes en visite à Tokyo ?

— En fait, j'aimerais m'installer dans les parages.

— Bien. Qu'est-ce que je vous sers ?

— O-nihonshu wo kudasai !

Un tokkuri blanc.
Plein de saké très froid.
Un verre de porcelaine.

— Travaillez-vous à Tokyo ?

— Oh… oui et non. J'écris.

— Waa ! À propos de quoi est-ce que vous écrivez ?

— Ce n'est pas tout à fait clair encore. Un roman sur… Hummm… Vous avez déjà entendu parler d'Arai Suzuko ?

— Vous voulez dire l'artiste, Arai Suzuko ? Je croyais qu'elle était morte.

Je cale mon verre, me ressers, bois encore.

— On sortait ensemble.

— Qui ?

— Arai Suzuko et moi.

— Waaooh ! Alors c'est vous qu'on voyait souvent à côté d'elle à la télé ? J'avais oublié qu'elle sortait avec un étranger...

Je sens mon téléphone vibrer.

Je l'extirpe de ma poche et le dépose sur le comptoir. 00 h 38. Le barman fait un pas de reculons, mains jointes devant le front.

— Veuillez accepter mes plus sincères condoléances, je vous en prie, le plus cordialement du monde.

C'est si soudain et si franc. Je bafouille. Il me regarde. Je vais pleurer. Ou pas. Une boule dans l'estomac c'est tout. Il s'incline cérémonieusement, les bras droits de chaque côté du corps, avant de se tourner en silence vers un autre client.

Vincent ! Ma réunion vient
tout juste de se terminer !
Je suis trop désolée ! Es-tu
encore dans les parages
d'Ebisu ? J'espère que
oui... Dis-moi. J'y serai
dans 10 minutes.

Je suis dans un bar tout
près.
Viens m'y rejoindre si
tu veux.

J'arrive !

C'est le bar sans
nom en face du
café Sarutahiko. Tu
trouveras. Tu n'as qu'à
suivre la voie ferrée
vers le nord, côté est. Je
t'attends.

Kana. Elle entre. Paupières presque noires.

— Et puis, cette réunion ?

Elle n'en dit rien. On se serre dans les bras un peu trop intensément. Ça la gêne. On vide ensemble le tokkuri de saké puis je commande des bières qu'on boit une après l'autre sans parler ou presque. Le malaise. L'envie de s'embrasser, peut-être. La musique américaine. Le train qui passe toutes les cinq minutes fait vibrer le comptoir. Les bouteilles de bière sautillent. Le barman se plante devant nous et engage la conversation. Je sens qu'il aimerait parler de Suzuko mais il se retient. Il présume que Kana est ma nouvelle copine, sans doute. Mais il ne lui adresse pas la parole. La conversation entre lui et moi ne mène nulle part. Alors je lui demande aussi poliment que possible de nous laisser seuls, Kana et moi. Il a d'abord l'air étonné. Puis offusqué. Je n'ai pas trouvé les bons mots. Il essuie en vitesse le comptoir devant nous avant de se tourner vers quelqu'un

d'autre. Un homme. La trentaine. La cravate.
La chemise.

Et nous. Deux bières. Trois bières. Quatre
bières. Jusqu'à perdre le compte. Ses paupières
bleutées, maintenant. Son téléphone allumé
entre ses mains.

— On a manqué le dernier métro il y a longtemps.

— Ah oui c'est vrai.

— Les taxis sont hors de prix à cette
heure-ci.

— C'est pas grave, Kana, dans quel coin est-ce
que tu habites ? On peut sûrement faire un bout
du trajet ensemble.

— Oh non il vaut mieux passer la nuit dans
les parages.

Elle le dit naturellement. Alors tout aussi naturellement je dis « ok faisons ça » sans trop savoir
ce que passer la nuit dans les parages implique.

On paie.

On sort.

On achète des canettes de bière au 7-Eleven.

Puis elle m'entraîne à travers un enchevêtrement incompréhensible de rues. Shibuya. Une
foule comme à midi, mais une foule étonnamment désorganisée. On se faufile à travers du
mieux qu'on peut. Le pack de bières dans ma
main gauche. Lourd. Ma main droite, c'est Kana
qui la tient. De sa droite à elle, elle consulte le
rating des love hotels sur son téléphone. « Lo-ve

ho-tel-lu. » C'est comme ça qu'elle prononce, une syllabe à la fois. L'accent tokyoïte à couper au couteau. La douceur de sa voix. J'en ai les jambes toutes molles.

Le love hotel qu'a sélectionné Kana est situé au fond d'un cul-de-sac sombre. La devanture n'est éclairée que par un seul néon torsadé, rose, vissé au mur au-dessus d'une porte coulissante. On entre. À droite : un large écran tactile. À gauche : une étagère remplie de paniers de plastique où se trouvent serviettes, savon et lubrifiant en spray phosphorescent. Kana glisse l'index contre l'écran à la recherche d'un style de chambre pas trop kitch mais il ne reste que des chambres couleur bonbon, lit en cœur et miroir au plafond.

Elle réserve deux heures puis nous attrapons un panier avant de monter à l'étage par un minuscule ascenseur qui sent l'eau de Javel.

Une ampoule clignotante indique l'emplacement de notre chambre, à l'autre bout du couloir. On entre et la porte se verrouille automatiquement derrière nous. Pour la déverrouiller il faudra payer par internet. Sinon impossible de sortir. C'est Kana qui m'explique et j'avoue que ça m'angoisse. La porte se déverrouillerait-elle automatiquement en cas de tremblement de terre ? Je dessoûle d'un coup. Qu'est-ce qu'on vient faire ici ?

Suzuko.

J'y pense dix secondes. Puis l'alcool me remonte à la tête.

Sur un des murs une fausse fenêtre ouvre sur un faux dehors. Une télévision dans un coin. Deux bouches pulpeuses y sucent un pénis pixélisé. Une forte odeur de renfermé. Kana éteint l'écran d'un coup de doigt. Puis nous restons debout l'un face à l'autre, entre la pointe du lit en cœur et la porte de la salle de bain. Ses paupières ont retrouvé une teinte de chair, vive et tendre à la fois.

Kana glisse les mains le long de mes bras, des épaules aux poignets. Elle saisit mes doigts. Elle les serre, elle les tâte, comme pour en évaluer la forme, en apprécier le poids, la température, avant de les porter à son cou, à ses joues, à ses paupières chaudes et huileuses. On dirait qu'elles sont enduites d'onguent.

— As-tu mal ?
— Pas plus que d'habitude.

Puis elle disparaît dans la salle de bain.

Je m'allonge sur le lit en attendant qu'elle revienne. J'ai la tête qui tourne. Je m'adosse plutôt à la fausse fenêtre, les mains sur les genoux. L'eau coule dans la salle de bain. J'enlève mon chandail, mes chaussettes, ma ceinture. Je tire la couette. Puis je remets mon chandail. Je ne sais pas trop quoi garder, quoi enlever. Je me couche sur le ventre. Sur le côté. Sur le dos. Je change d'idée toutes les deux secondes. Je commence à baisser mes pantalons puis les remonte aussitôt. L'eau arrête de couler dans la salle de bain. La friction mate d'une serviette. Le grincement de la porte et le clic de la lumière qu'elle éteint en sortant.

Une sonnerie nous réveille. Je décroche le téléphone du love hotel en étirant le bras au-dessus de ma tête.

— Moshi moshi.

— Rooo... Vincent, qui est-ce qui appelle en plein milieu de la nuit ?

— C'est la femme de chambre. Elle dit que les deux heures sont terminées, qu'il faut sortir maintenant ou payer pour huit heures. Que veux-tu faire ?

— Rester, évidemment.

— D'accord.

Je raccroche. Et on se blottit à nouveau l'un contre l'autre sous les couvertures. Une odeur animale. Nos cheveux mêlés. Son nez dans mon cou. Mes lèvres contre ses paupières.

Nous passons toutes nos nuits ensemble trois semaines de suite. Chaque fois dans un love hotel différent. Ses paupières. Elles m'émeuvent et me bouleversent et m'effraient. En même temps. Quand je rentre à l'appartement, le jour, j'essaie de traduire en mots leur stupéfiante beauté. Tokyo l'après-midi. Mille reflets sur les toits. Le scintillement du fleuve Sumida. Le stade Ryōgoku. Kana. La ville derrière le mur de fenêtres. Quinzième étage.

Les nuages enflent, désenflent et disparaissent.

Suzuko n'est pas apparue une seule fois depuis que j'ai rencontré Kana. Ça me fait du bien et ça me fait du mal. Je me sens triste et coupable. Suzuko. Sa présence dissipée. La béance de sa disparition. J'y songe. Et je m'effondre. Sur la chaise de cuisine. Devant le mur de fenêtres. J'essaie de recréer le visage de Suzuko, en pensée, mais c'est celui de Kana qui apparaît. Ses paupières magnifiques et obscènes. Enflures dévorantes. Sucreries délicieuses. Tumeurs monstrueuses. Je me redresse sur la chaise de peine et de misère. 21 h 33. Déjà. Kana m'écrit toujours avant 22 h pour me dire à quel love hotel la retrouver. Mais cette nuit je n'irai pas. J'essaie de m'en convaincre. Ce n'est rien, elle et moi. Un flirt, une distraction malsaine. Je ferme les yeux. Je cherche longtemps le visage de Suzuko mais je ne le trouve pas.

Ça me tue.

21 h 46.

J'attends qu'elle me texte en me faisant accroire que je n'attends pas. De toute manière je lui répondrai qu'il vaut mieux dormir séparément, que j'ai besoin de me reposer, de me retrouver, de retrouver Suzuko. J'ignore si elle comprendra. Au fond elle ne m'écrira peut-être même pas. Je n'aurai peut-être rien à lui expliquer. 22 h 05. 22 h 06. La nuit avance minute par minute et, minute après minute, je m'inquiète davantage, c'est plus fort que moi. J'ai peur, toujours peur que les gens meurent. Maintenant. Je vérifie mon téléphone toutes les trente secondes. J'attends. Pas de danger. Tout est normal. Oui. J'essaie de m'en convaincre mais c'est difficile. Il lui est sans doute arrivé quelque chose. J'attends. Je ne devrais pas. De toute manière je voulais dormir seul à l'appartement. Cette nuit. L'idée m'apparaît complètement absurde tout à coup. Kana devrait m'écrire. Kana aurait dû m'écrire. Elle m'écrit toujours avant 22 h.

22 h 17. Déjà.

Le désir de la voir, de la toucher, de la rejoindre où qu'elle soit. 22 h 22. Je fais un vœu.

22 h 23.

Salut Vincent, désolée, je t'écris tard.

Ce n'est rien. Je n'attendais pas.

Elle me donne rendez-vous dans un love hotel de Shinjuku et je pédale tellement vite pour m'y rendre que les lumières de la ville défilent à l'horizontale en laissant de longues traces multicolores comme dans *Ghost in the Shell*.

La galerie 3331 est située dans le gymnase d'une ancienne école primaire de Chiyoda. Plafonds hauts de dix mètres. Plancher de bois franc parcouru de bandes de couleur qui autrefois délimitaient les terrains de basket-ball, de volley-ball, de handball. Des centaines d'œuvres affichées aux murs. Des œuvres sur toile ou sur papier. De la peinture et du dessin et du collage. Des œuvres immenses ou minuscules, produites par des artistes professionnels, des amateurs, des inconnus, des célébrités, des vieux, des jeunes, des hommes, des femmes. Quelqu'un me tend un papier sur lequel inscrire mes dix œuvres favorites. Une manière de susciter l'engagement des visiteurs. J'avance. 24 février. Vernissage. Il y a beaucoup de monde. Je reviendrai choisir les œuvres que je préfère une autre fois. Ce soir ce n'est même pas la peine d'essayer. La salle est bondée et les paupières de Kana, à l'autre bout de la galerie, attirent toute mon attention. Deux plaies humides, étincelantes. Des blessures à soigner. Je ne vois que ça. Puis une main passe trois ou quatre fois devant mes yeux. De gros doigts foncés. Je ne réagis pas tout de suite. Il y a un temps. Un autre. Puis je tourne la tête.

— Oh salut Pavle ! J'avais pas remarqué que t'étais là.

— Je vois ça ! T'étais dans la lune ou quoi ? Qu'est-ce que tu regardais ?

— Oh rien, euh… c'est cette expo… si colossale.

Il plisse les yeux en direction de Kana.

— Oui en effet.

— Comment tu la trouves ?

— Pas mal, franchement ! Presque mille œuvres exposées. Et toutes présentées de manière complètement anonyme. De visu, impossible de différencier les professionnels des non-professionnels, les jeunes des vieux, les fous des… euh… bah… je veux dire… c'est le résultat qui compte, là, uniquement, pas le contexte ni l'histoire personnelle de l'artiste. Ça me plaît.

— Je me demande comment la galerie a réussi à rassembler autant d'œuvres. Le travail d'une armée.

— En tout cas, j'ai eu affaire à au moins six personnes durant le processus de sélection.

— Oh quoi !? Pavle, tu exposes une toile !? Je savais pas !

— Normal, je l'ai dit à personne.

— Ah… ok…

— J'ai même essayé quelque chose de nou-

106

veau pour qu'on reconnaisse pas mon style. L'œuvre pour l'œuvre, pas pour l'ego, la carrière, la communauté, les collectionneurs. C'est vraiment libérateur !

Ayumi se glisse entre Pavle et moi. Souriante. Robe noire à pois bigarrés. Cheveux en chignon. Cou long. Petites oreilles dorées. Elle nous prend chacun un bras.

— Alors comment est-ce que vous trouvez l'expo ?

— On en parlait, justement. On la trouve géniale !

— Oh oui ! Mais il y a beaucoup trop de monde. Il faudrait que je revienne un jour plus calme pour voter comme il faut, mais je ne sais pas si j'aurai le temps…

— On reviendra ensemble.

— Ce serait sympa ! Pour l'instant je sature, j'ai eu une grosse semaine… Je pense que je vais rentrer. Ça vous plairait qu'on marche ensemble jusqu'au métro ?

— Je suis à vélo.

— Allons plutôt boire des bières tous les trois, tranquilles, ça fait longtemps, non ?

— Oh ça me tenterait, Pavle, mais je suis venu rejoindre Kana, ce soir, et on s'est même pas encore parlé. Je vais rester. Il y aura sans doute un souper, tout à l'heure, avec les gens de la galerie…

Ayumi baisse la tête, visiblement déçue.

— Oh… de toute façon je suis fatiguée, Vincent, je vais rentrer.

— Toi Pavle ?

— Bah moi j'ai pas très envie de me retrouver avec des gens que je connais moyennement bien pour manger ce soir. J'ai eu ma dose de ça ces derniers temps.

— Mais tu connais Kana, Pavle !

— Kana… non, je pense pas, c'est qui ?

— Haha ! Elle, elle te connaît en tout cas !

— Bah… c'est peut-être normal, je suis connu après tout.

Puis Pavle se tourne vers Ayumi.

— On marche ensemble jusqu'au métro ?

Elle lâche mon bras et s'agrippe à deux mains à celui de Pavle.

— Oh oui, allons-y. On se reprendra une autre fois, Vincent, d'accord ?

— D'accord !

Je le dis plein d'enthousiasme mais tout de suite après je me sens malheureux. Une part de moi aurait voulu suivre Pavle et Ayumi.

— T'en fais pas, on s'arrangera pour se voir bientôt.

Ils quittent la galerie.

Je reste figé.

Kana n'a pas encore remarqué ma présence. C'est un peu étrange. On avait pourtant rendez-vous. Elle est absorbée par une œuvre. Celle de Pavle, peut-être. Je préfère ne pas la déranger pour l'instant. Je traîne les pieds dans le gymnase en attendant qu'elle me voie, mais elle ne regarde jamais autour. Moi oui. Je ne fais que ça.

Parce que toutes les femmes ont les paupières écarlates. Je le remarque tout à coup. Des braises. Il se passe quelque chose. Mais quoi ? L'air sec de l'hiver tokyoïte. Le vent du nord, radioactif. Une infection qui court. Ça s'embrouille. Je ne reconnais plus personne. Je me frotte les yeux. Un point au cœur. Les jambes lourdes. Des conversations et des rires en sourdine. Des jupes et des robes et des pantalons et des bas collants ternes. L'épaisseur étonnante de l'air. Du mal à respirer soudainement. Des silhouettes dans la grisaille. Des paupières de feu par dizaines. Des lucioles dans la brume. Ma brume. Dans le ventre et dans la tête et derrière les pupilles. Jusqu'à l'opacité. De l'encre on dirait. Dans mes yeux. Les mains. Devant. Se calmer. Me calmer. Respirer. Du liquide. De la glace. De la pierre. Impossible d'avaler ça. La gorge qui se serre. La panique.

Je sors.

Dans le corridor un évier large comme un abreuvoir à cheval, une rangée de fontaines les unes à côté des autres.

Je m'asperge le visage d'eau froide. L'arrière des oreilles et du cou aussi. Longtemps. Et ça finit par me calmer un minimum. Je respire mieux mais j'ai peur. Peur qu'il ne soit jamais comblé, le vide insupportable laissé par Suzuko. Et pourtant. Tout à coup sur ma nuque la

pression d'une main. Et l'air redevient presque
aussitôt frais et léger.

— Je suis là.

Sa voix rassurante.
Et l'angoisse qui disparaît en deux secondes.

Dehors le vent et les bruits sourds de la ville. Les marches de l'escalier et l'herbe morte. Le parc devant l'ancienne école. De vieux jeux pour enfants, en fer, aux couleurs délavées. Les balançoires ressemblent à des sculptures de Noguchi Isamu.

— Oh merci Kana, j'étouffais, à l'intérieur. Je vais mieux maintenant.

Ses paupières fendues par une raie de cils noirs. Ses iris comme des trous. Je m'accote au muret qui sépare la rue du parc. J'ai toujours un verre à la main. Ça m'étonne. Je prends une gorgée de vin comme si de rien n'était.

— Kana, tu avais l'air tout absorbée par l'exposition, tu devrais y retourner.

— Quoi, tu veux déjà te débarrasser de moi ?

Elle le dit en éclatant de rire, les mains devant le cœur comme pour le protéger.

— Mais non ! Je suis vraiment content de te voir !

— Allons boire des bières loin d'ici alors !

— Il n'y aura pas de souper ?

— Euh… pas que je sache.

— Et tu ne veux pas profiter du reste du vernissage ?

Elle éclate à nouveau de rire.

— Les gens viennent se faire voir et je les ai assez vus !

— Tu es certaine ?

— Hééé ! Tu veux vraiment te débarrasser de moi on dirait !

Station Shinbashi. 23 h. Un autre bar situé sous une autre voie ferrée. Kana debout. Moi à côté. Deux verres de bière posés sur le comptoir devant. Ses paupières. Rouge terne dans la pénombre charbonneuse. J'aimerais les toucher mais je ne les touche pas. Elle prend une gorgée de bière. J'en prends une aussi. Un train passe. Les bouteilles sautillent sur le comptoir. Elle boit encore. Je fais pareil. Tout se passe comme si caler des bières en silence n'était qu'une sorte de prélude au moment d'empiler nos corps nus l'un sur l'autre au love hotel, plus tard. La musique forte. Le bar minuscule. Toujours un contact physique entre Kana et moi. La pointe du coude. Le côté de la cuisse. Le bout des doigts.

Autour de nous aucune femme n'a les paupières particulièrement colorées. Les gens sont détendus. Ils dansent entre les tables hautes, ou plutôt ils hochent la tête au rythme de la musique, ou tapotent une bouteille, ou tapent du pied, comme s'il était interdit de bouger plus d'un membre à la fois.

On vide plusieurs bouteilles de suite. Debout au comptoir toujours. De plus en plus serrés l'un contre l'autre. Ses bras si fins. Le renflement de ses côtes contre les miennes à chacune de ses inspirations. En public c'est mal vu de se coller de trop près. Ce n'est pas de notre faute le bar est bondé. On nous regarde d'une drôle de manière. Je suis étranger c'est évident. On me dévisage. À moins qu'on ne dévisage Kana. Des regards de jalousie ou de reproche ou de désir.

— Pardon, il faut vraiment que j'aille à la toilette.

Sa voix cristalline. Elle part. Un homme visiblement éméché prend sa place au comptoir.

— Mon amie reviendra dans deux minutes.

Il ignore complètement ce que je viens de dire. Il présume peut-être que je me suis adressé à lui en anglais. Ça arrive parfois. Il croise les bras sur le comptoir et fourre sa tête au milieu comme pour dormir. Les gens tapotent leur bouteille et tapent du pied un peu plus fort. Sapphire Slows dans les haut-parleurs. Kana revient. Ses pas sur le beat de la musique. Un train passe. Des vibrations osseuses d'un bout à l'autre du bar. La structure craque un peu. Du plâtre sec tombe du plafond en petites cascades, se mêle à la fumée des cigarettes. Je demande à l'homme de bien vouloir redonner sa place à Kana mais il entend sans doute mal. Je pose une main sur son épaule. Il ne réagit pas. Bah tant pis. Je quitte le comptoir en emportant les deux verres mais il lève subitement la tête, que j'accroche sans faire exprès, et je lui renverse une bière dans le cou.

— Oh je m'excuse, shit, je ne voulais pas…

La bière dégouline sous sa veste jusque dans ses pantalons. Il s'éponge la nuque avec des napkins, dégoûté, puis il essaie de me regarder mais ses yeux partent dans tous les sens. Il tend les bras au hasard (dans le but de me pousser, sans doute) mais s'effondre à plat ventre par terre. Un boum sourd. Quelques personnes se retournent pour voir ce qui se passe. L'homme me saisit les chevilles. Il tire fort. Je tombe à la renverse. Les deux verres que je tenais en main éclatent quelque part derrière. Bruit de fenêtres fracassées. Plancher de bois franc. Au moins ce n'est pas du béton. Ça me sonne un peu quand même. Des jambes. Des bottes et des souliers. Je repère ceux de Kana. Puma turquoise et jaune brûlé. Je les vois frapper l'homme dans les côtes dix fois pour qu'il me lâche. Le pied de Kana fend l'air en sifflant comme dans les films de samouraï. Des gens filment la scène avec leur téléphone en riant. Kana continue à frapper. Je secoue les jambes mais l'homme me tient serré. Kana frappe et frappe et frappe et l'air se déchire à chaque coup. Ça filme et ça rit toujours. J'admire la ténacité de Kana. L'homme finit par me lâcher les chevilles. Il se recroqueville sur le côté comme pour se protéger. Kana le frappe et le frappe et le frappe encore, hors de contrôle. Une autre femme se joint à elle. Je comprends que c'est la copine du soûlon. Elle ne cogne pas aussi sauvagement que Kana mais quand même. Ça rit un peu moins. On la traite de folle. Puis on les attrape par-derrière, elle et Kana. On les immobilise au sol à côté de moi. Kana s'agrippe à mon cou. On s'empile sur elle. Son souffle oppressé sur mon visage. Ses paupières ensanglantées. Ses doigts dans mes cheveux et dans ma bouche. Oh Kana. Si petite et si forte. Quatre ou cinq personnes pour l'empêcher de bouger. Un autre train qui passe. Les bouteilles qui sautillent. Et les bouteilles qui oscillent, qui se renversent, qui roulent jusqu'à tomber des tables les unes après les autres. Les poutres de soutien qui craquent comme des brindilles. Les murs qui se plissent. Ce n'est pas un train. Ça commence à crier autour. Le comptoir pareil à un serpent qui s'entortille. Les ampoules qui explosent au plafond. Le plancher qui s'enfonce d'un mètre et se soulève de deux, par à-coups. Nos corps étendus retournés comme des crêpes. Les clients déguerpissent en courant. Deux barmans essaient de sortir le soûlon avant qu'il ne soit trop tard. Ils le tirent chacun par un bras mais l'homme est lourd et mou et ses vêtements adhèrent au plancher. Je lui attrape une jambe et fais signe à Kana d'attraper l'autre. On est passablement éméchés nous aussi. N'empêche, on réussit à sortir l'homme. Tout le monde est dehors maintenant.

Les bars sont vides. Les rues sont pleines.

Des milliers de personnes penchées en silence sur leur téléphone pour voir s'ils n'auraient pas manqué une alerte. La terre ne tremble plus. Kana me serre doucement contre elle. Le souffle court. Je la serre aussi. J'en ai des frissons.

— Sauvés par un tremblement de terre.

Sa voix claire mais essoufflée. Kana. Son large sourire amusé. Du sang plein les joues. Je l'essuie avec mes doigts. Ça ne fait que l'étendre.

On entre dans un konbini. Les néons éblouis-
sants. Le visage blanc de Kana. Le sang rouge
sur ses joues. J'achète des lingettes nettoyantes
et un pack de canettes de saké. Puis Kana se
place derrière la machine à réchauffer les sau-
cisses pour que je lui nettoie la figure. Sa tête
légèrement penchée vers l'arrière. J'essuie son
front, ses joues, son menton. Sa peau rose tout
à coup. Je change de lingette avant d'essuyer ses
paupières. De minuscules veines turquoise les
traversent, un circuit de ruisseaux on dirait. Je
ne les avais jamais vues sous un éclairage aussi
franc.

Ma main gauche dans ses cheveux. Dans la
droite une troisième lingette, propre, avec
laquelle je frotte délicatement. Aucune trace de
coupure. Ni sur son visage ni sur son crâne. Le
sang a coulé je ne sais d'où. Je sors une quatrième lingette. Décroûte soigneusement chacun
de ses cils, où le sang s'est coagulé. Ses paupières sont plus enflées que tout à l'heure. Il me

semble. Des boursouflures comme des cloques de coup de soleil.

— Ça va ? As-tu mal ?

— Pas plus que d'ordinaire.

— Je ne vois pas de coupure, ça devrait aller.

On sort du konbini. Puis elle ouvre une canette de saké qu'on partage en marchant. Les rues encore plus bondées qu'il y a dix minutes. Des passants, bouteille à la main. Manteaux dézippés. Une atmosphère de festival. De la musique électronique devant la station Shinbashi. Un homme muni d'un casque d'écoute, installé derrière une table pliante. Laptop. Machines. Vinyles. Amplis. Petites lumières clignotantes. Des gens rassemblés sur le trottoir, qui dansent comme si le tremblement de terre du siècle allait démolir Tokyo d'une minute à l'autre. Agiter tout le corps, pour rien, au moins une fois avant de mourir.

Kana, moi, les autres. Les bras dans tous les sens. Et les jambes. Le beat se répète et se répète à tout rompre. Devant la station. Jusqu'à ce que deux policiers débarquent de leur voiture, chassent le musicien, dispersent la foule pour libérer l'accès au métro. Un prétexte. Le métro est fermé depuis minuit. Ils font du zèle. Les gens s'éparpillent chaotiquement dans la rue, entravent la circulation automobile. Un homme vomit au pied d'un lampadaire. Un chien aboie.

Kana ouvre une deuxième canette. On se la partage en s'éloignant de la station Shinbashi.

Les quatre canettes qui restent, elle les tient de la main gauche. De la droite elle s'accroche à mon coude. De rue en rue elle me guide. Pour aller dans quel love hotel je ne sais pas. On s'embrasse sous un viaduc. Derrière un conteneur à déchet. Dans un parc pour enfants. Sous le portique d'un magasin fermé. Jusqu'à échouer derrière le musée Tomo. Un minuscule espace vert, brun, boueux, bordé d'échafaudages. Désert à cette heure de la nuit. On cale les dernières canettes de saké assis sur un banc. Nos jambes emmêlées. Les mains froides dans les pantalons et sous la jupe. Le banc dur. Sa nuque. Ses jambes. Ses doigts dans mon dos. Des frissons. La chair de poule. Une langue de chat. La fraîcheur du vent. Le goût du saké dans sa bouche.

On pourrait se faire surprendre. Kana ne s'en préoccupe pas le moins du monde et moi non plus. Aucune envie que ça arrête, nos mains, nos lèvres, partout. L'odeur de ses cheveux. De la terre brûlée. Nous. Étendus sur le banc. Pieds en l'air. Instables. Les canettes de saké vides, abandonnées, qu'on ramassera plus tard. Nos corps chauds imbibés d'alcool. Le banc trop étroit. On en tombe presque. Kana pose un pied par terre et nous retient, puis elle se lève et me tire debout. Sa jupe retombe un pouce sous ses genoux. La mode du moment. Je la serre. On oscille ensemble sans aucune espèce de coordination. Impossible de se lâcher pourtant. Vent doux. Printemps hâtif. 12 ou 13 °C. L'envie de me déshabiller maintenant. La chose la plus intelligente à faire dans les circonstances. L'épaisseur de nos vêtements. Les cinq millimètres les plus épais du monde. Quelqu'un pourrait nous voir. Le parc entouré de bâtisses. Une tour de bureaux. Une vingtaine d'étages complètement vitrés, tous plongés dans l'obscurité sauf un : bande lumineuse que traverse une femme, de gauche à droite, manche de balayeuse en main.

Kana me traîne vers l'immeuble en rénovation qui se trouve devant. On s'enfarge dix fois en chemin. On se pile sur les pieds. On rit.

Les échafaudages sont recouverts de bâches grises. Au sol des briques, des barres de fer dans la boue. Les bâches claquent au vent. On ne voit pratiquement rien en dessous. L'endroit parfait. Pour un itinérant qui voudrait passer la nuit tranquille. J'y pense une seconde. Kana me pousse contre un montant de l'échafaudage, m'empoigne les épaules, écarte mes jambes avec ses genoux, colle son bassin contre le mien. Son ventre. Ses seins. Ma main droite derrière sa tête. Ses cheveux tellement fins. Une odeur familière de salive et de cuir derrière ses oreilles. Ses bras autour de ma taille. Les miens partout. Elle soulève le bord de sa jupe au-dessus de son nombril. Ses cuisses glacées. Sa petite culotte si douce. Elle pousse les doigts à l'intérieur de mes pantalons, les déboutonne, les baisse à mes chevilles. Un amas de tissu qui m'empêcherait de courir si on se faisait surprendre. J'y pense une seconde. Seulement. Ses gémissements et les miens sous l'échafaudage. La paume de ma main à plat contre sa culotte. Je n'ai pas de préservatif et je n'ose pas lui demander si elle en a. Sans doute que non. Elle ne traîne pas de sac à main. Je m'en fous. J'aime beaucoup le frotti-frotta de toute manière. Les plis délicats au creux de son aine. Mes doigts. La peau, là, si

soyeuse. Une folie. L'envie que ça dure éternellement. En pleurer presque. La toucher, la serrer.
Comme si la croûte terrestre était sur le point de
se fendre et de nous engouffrer tous les deux.
Perdre l'équilibre comme si le tremblement de
terre de tout à l'heure ne s'était jamais arrêté,
comme si la terre n'avait cessé de trembler depuis
mon retour à Tokyo. Elle me tient par la taille. Le
visage niché dans mon cou. Me presse fort contre
elle qui se frotte contre ma main. Elle tremble et
se crispe. Son souffle comme le dernier. Long et
sonore. Puis elle desserre la poigne et respire, lentement, le menton contre ma clavicule. Je la sens.
Comme l'envie de l'aimer. Des rais de lumière
par les fentes de la bâche grise. Des bandes de
peau éblouissantes, des pétales un matin de rosée.
— Ça va ?
— Oui ça va, toi ?
— Oui.
L'envie de dormir sur-le-champ. Ici. Sous cet
échafaudage. Ne pas rentrer. Ne jamais rentrer.
Dormir. Je remonte mes pantalons, elle rebaisse
le bord de sa jupe. Puis elle commence à grimper
l'échafaudage. Je grimpe spontanément derrière
elle, jusqu'en haut, vers le huitième ou neuvième
étage de l'édifice qui en compte une douzaine.
Seule la façade est en rénovation. À l'intérieur,
derrière la fenêtre sur laquelle on plaque les
mains, le bouton rouge d'une machine à café,
l'écran opale d'un photocopieur, les lumières
des ordinateurs qui pulsent, calmes et constantes.

Des bêtes endormies. Dans le noir, entre les cubi-
cules. On pourrait nous voir. Il fait bien plus clair
dehors qu'à l'intérieur. Le plafond nuageux vert
émeraude. Une luminosité extraterrestre. Le plancher de l'échafaudage, en bois, large comme un
lit double. On s'y étend sur le côté, face à face, se
servant de nos manteaux comme de couvertures.
Les os des hanches et des épaules contre le bois
dur. Les paupières de Kana gonflées comme je ne
les ai jamais vues. Des figues trop mûres, fendues,
juteuses. Magnifiques. Plus encore. Sublimes.
La vague qui brise le navire au loin. Terrible et
fascinante. Se sentir en sécurité. Une explosion
nucléaire à la télévision. Ses paupières. Des blessures. Qui me serrent le ventre. Je vais pleurer.
Mais non. Une sorte d'angoisse qui pétrifie. Qui
coupe le souffle. La peur de perdre. La peur
qu'elle souffre. La peur de souffrir moi-même.

Kana ne sourit plus. Ses mains sous sa tête
comme un oreiller. J'approche les doigts de ses
paupières tuméfiées, à peine entrouvertes. Je les
caresse un instant. Elles sont brûlantes.

— Qu'est-ce qui est arrivé à tes paupières, Kana ?
— Oh Vincent, tu le sais.
— Je sais quoi ?
— Oh… C'est difficile… Je vois bien que pour
être supportable, ce qui est douloureux doit être
oublié… Mais on n'oublie jamais, on enfouit.
Et ça ne sert à rien. Alors… Alors rappelle-toi…
rappelle-toi Suzuko, refais le chemin depuis le
début, tu finiras… tu finiras par comprendre.

2

Quand je l'ai vue entrer dans la librairie, le 11 mars 2016, elle avait l'air de se demander pourquoi il y avait tant de monde. Elle a timidement reculé d'un pas.

— C'est ouvert à tous, tu peux rester.

Mais elle a froncé les sourcils en disant « je non français, je désolée » avec un redoutable accent japonais. Puis elle a tiré la langue comme s'il n'y avait rien d'autre à faire dans les circonstances.

— J'ai juste dit que tu peux rester, aucun problème. Mais il ne se passe pas grand-chose... pour être honnête...

Elle a ouvert grands les yeux, la bouche ronde.

— Hééé ! Mais tu parles japonais !?

— Un peu.

— Pourquoi ?

— Oh j'ai appris à l'université... Au début seulement parce que j'aimais les livres d'Ogawa Yōko... Puis j'ai enseigné l'anglais trois ans à Osaka. Disons que j'ai pu pratiquer... J'y vivais encore il n'y a pas si longtemps.

— Hééé !

— J'habitais dans Asahi, près de la rivière.

— Pardon… je connais très mal Osaka, je suis de Tokyo.

— Ah j'aurais envie de…

Mais je n'ai pas eu le temps de terminer ma phrase, mon éditrice m'a subtilement tiré la manche.

— Le micro est prêt, j'aimerais que tu parles un peu de ton livre, maintenant.

— Dans cinq minutes, ok ?

— Humm… Il reste presque plus d'alcool, les gens vont commencer à partir…

Elle s'est éloignée.

— Qu'est-ce qui se passe ?

— Un lancement… Mais les gens viennent surtout boire du vin gratuit.

— Hééé !

— Tu veux un verre, d'ailleurs ?

— Volontiers !

— Au fait, je m'appelle Vincent.

— Moi c'est Suzuko.

On s'est légèrement inclinés l'un vers l'autre en souriant.

— Et qu'est-ce qui t'amène à Montréal ?

— Je visite.

— Ah pour combien de temps ?

— Je pars demain soir à Toronto.

— Tu devrais rester à Montréal, c'est plus le fun.

— Hééé, j'aimerais bien ! Mais je dois rentrer

à Tokyo. J'ai un nouveau contrat qui commence lundi.

— Oh c'est quoi ce contrat ?

Elle a regardé autour, sans répondre.

— Pardon, je suis indiscret.

— Mais non, ce n'est rien. Je suis hakusei-shi.

J'ai plissé les yeux. Elle a ri.

— Hééé… normal que tu ne saches pas ce que c'est, ce n'est pas un terme si commun.

Mon éditrice s'est à nouveau approchée de nous. Elle s'est adressée à Suzuko.

— Désolée ma chère…

— Elle parle pas français, Olga.

— Ah, ok, bon. Je savais pas que tu étais revenu du Japon accompagné.

— Non non, elle est entrée à la librairie par hasard, on vient de se rencontrer.

— Peu importe, c'est le temps de parler de ton livre de toute façon, allez, viens.

— Une petite minute encore, ce sera pas long.

Elle a soupiré. Puis elle est partie se chercher à boire.

— Tu habites dans quel quartier de Tokyo ?

— Sumida. Près de la station Morishita.

— Il y a combien de stations à Tokyo ? Dix mille ? Morishita, ça ne me dit absolument rien.

Elle a vidé son verre de vin d'une traite. J'ai fait pareil. Puis mon éditrice est revenue à la charge, une bière à la main, déterminée.

— C'est l'heure.

— Dix secondes, Olga.

Mais elle a fait comme si elle ne m'avait pas entendu. Elle s'est tournée vers Suzuko.

— Bon, vous avez l'air bien sympathique, ma chère, mais Vincent a comme qui dirait autre chose à faire en ce moment.

Ça m'a fait rire.

— Ok Olga, une seconde.

— Non, allez, la librairie est en train de se vider.

— Bon… il faut que j'y aille.

— Ah d'accord…

— Mais on déjeune ensemble demain, ça te tente ? J'ai besoin de pratiquer mon japonais, je suis sûr que mon éditrice trouve que c'est du chinois.

— Haha, mais tu le parles très bien !

— Mais non, je ne sais même pas ce que veut dire hakusei-shi ! Faudra que tu m'expliques. Ça t'irait qu'on se rencontre ici, devant la librairie, demain vers dix heures ?

— Hééé ! Entendu !

Olga a soupiré. Complètement découragée.

— Ok, j'arrive tout de suite !

— Non mais pourquoi t'es rentré à Montréal, Vincent ?

— Désolé, je suis vraiment content d'être là ce soir, pour vrai !

— On dirait pas.

— Oh c'est pas ça, je m'excuse, sincèrement, c'est juste que je connais plus grand monde ici. C'est… c'est pas si facile, j'ai la tête ailleurs.

— Pas seulement la tête, on dirait.

— Je m'excuse.

— Coudonc, ce serait pas une manie japonaise de s'excuser à toutes les deux phrases ?

— Désolé.

Elle a ri.

— Bon, allez !

Nous avons acheté des bagels et du fromage à la crème sur Fairmount avant d'aller nous asseoir sur un des bancs du parc Lahaie. Des sacs de plastique éventrés traînaient sur la pelouse boueuse. Suzuko photographiait les écureuils et ça puait la crotte de chien fraîchement décongelée. Des résidus de neige brune sur le bord des sentiers. Des mégots de cigarette, du gravier, des kleenex mouillés.

— J'ai trouvé ce que signifie hakusei-shi en rentrant, hier soir.

— Ah oui ? Comment est-ce qu'on dit, en français ?

— Taxidermiste.

— Oh c'est joli.

— Ça fait longtemps que tu pratiques ?

— Depuis toute petite. C'est mon père qui m'a appris. Lui il naturalisait des animaux de compagnie. Moi je n'ai jamais été trop fan de ça. Je veux dire... des gens qui veulent continuer à vivre avec le cadavre de leur chien, de leur chat, de leur poisson rouge comme s'il était toujours vivant… je trouve ça sinistre.

— Il y a beaucoup de demandes pour ce genre d'affaires, à Tokyo ?

— Étonnamment, oui. Quand j'ai eu mon propre atelier, mon père a voulu me refiler une partie de sa clientèle. J'ai refusé, il a insisté, et puis il est mort.

Elle a dit ça soudainement. Je n'ai pas su quoi répondre. Elle a mordu dans son bagel. Un écureuil s'est approché d'elle en bondissant.

— Je suis désolé, ça fait longtemps ?

Elle a mastiqué au moins une minute avant d'avaler.

— Cinq ans et demi.

Puis elle a distraitement jeté un bout de bagel à l'écureuil mais il a préféré grignoter un vieux kleenex.

— Alors, tu as finalement repris sa clientèle ?

— Quoi ? À mon père ? J'ai essayé… mais ça n'a pas très bien fonctionné parce que je naturalisais les animaux qu'on m'apportait exactement tels qu'ils étaient. Tordus, raides, les yeux à moitié ouverts ou exorbités. L'air mort quoi. Je ne sais pas ce qui m'a pris. Je veux dire, les clients de mon père n'ont pas vraiment apprécié…

— J'imagine.

— Mon père venait de mourir et ils voulaient que je ressuscite leurs chats ? Non mais quelle idée !? Moi, est-ce que je vivrais comme si de rien n'était en compagnie de mon père, embaumé, assis à la table de cuisine devant un bol de nouilles ?

Puis elle m'a regardé comme si sa question n'était pas purement rhétorique.

— Euh… ce serait bizarre, en effet.

— So so so, plus personne ne m'apporte son animal de compagnie pour que je le naturalise. Je restaure les collections de musées d'histoire naturelle, maintenant. Mais ce n'est pas ce que je préfère.

Elle a plongé le reste de son bagel dans le pot de fromage à la crème posé sur le banc entre nous, l'air songeur.

— Pendant un moment, j'ai fréquenté la fourrière.

Elle a approché son bagel de sa bouche mais s'est arrêtée avant de croquer dedans.

— J'y ramassais les animaux qu'ils venaient d'euthanasier. Les animaux trop vieux, trop malades ou trop souffrants pour être sauvés. Et je les naturalisais tels qu'ils étaient : mal en point.

J'ai moi aussi plongé un bagel dans le pot de fromage à la crème. Trois pigeons faméliques se sont approchés en claudiquant. Suzuko leur a lancé des miettes (pour lesquelles ils se sont arraché quelques plumes).

— Vaut mieux ne pas nourrir les animaux.

— Oh.

— Ces taxidermies de fourrière… est-ce que tu les as vendues ?

— Hééé… pendant des mois elles n'ont fait que s'accumuler dans mon atelier ! Franchement, c'était un peu glauque. Mais bon, en parallèle, je continuais à faire de la restauration pour les musées. Il faut bien gagner sa vie.

Elle a allongé le bras pour flatter un chien qui passait, mais son maître a tiré sur la laisse, empêchant l'animal d'avaler le reste du bagel de Suzuko.

— Moi pour gagner ma vie, j'enseigne un peu et j'écris des romans.

— Oh !

— Hier, c'était le lancement de mon deuxième livre, en fait.

— Hééé ! Pourquoi tu ne m'as pas dit ?

Des pigeons sont revenus picorer les graines de sésame tombées devant nous. L'un d'eux n'avait que deux moignons en guise de pattes. C'était le plus combatif. Suzuko a dit « je l'aime bien celui-là » en le pointant comme si c'était l'oiseau le plus mignon du monde. J'ai ri.

— Qu'est-ce que tu as fait des taxidermies de fourrière, au bout du compte ?

— Ono Ayumi, une amie à moi, venait d'ouvrir une galerie d'art contemporain. Au fond, j'avais secrètement créé cette espèce de collection atypique dans l'espoir que ça l'intéresse. Je lui ai donc fait visiter mon atelier, et puis… elle a voulu défendre mon travail. J'étais trop contente ! On a organisé ensemble ma première exposition dans sa galerie toute neuve.

— C'est chouette.

— Oh oui ! Mais non ! Mais hééé !

Elle s'énervait.

— Qu'est-ce qu'il y a, Suzuko ? J'ai dit quelque chose qu'il ne fallait pas ?

— Non, c'est moi. Je te raconte ma vie depuis tout à l'heure, pardon, c'est tellement impoli.

— Mais pas du tout.

— Excuse-moi…

— Je me fous que ce soit impoli ou pas, je suis content qu'on se parle, vraiment. Je pense au Japon tous les jours depuis que je suis revenu à Montréal. C'est terrible, ça ne fait même pas deux mois que je suis rentré… Vas-tu encore exposer à Tokyo ? J'aimerais beaucoup voir ce que tu fais.

— Oh… J'ai déjà exposé deux fois avec le même concept. Ça a plutôt bien fonctionné alors Ayumi aurait aimé que je récidive… Mais je me serais répétée, c'est embêtant.

— Je comprends.

— Maintenant je fais de la performance. Je veux dire, j'en ai fait une avant de venir au Canada, mais j'aimerais en faire d'autres.

— Quel genre de performance ?

Elle a eu l'air gênée tout à coup. Elle s'est essuyé la bouche avec une napkin même s'il n'y avait rien à essuyer du tout.

— C'est difficile à expliquer… J'ai utilisé une tête d'ours… mais euh… en fait je te montrerai si jamais tu viens à Tokyo.

Je suis arrivé à Tokyo deux semaines plus tard et Suzuko m'avait convié, le soir même, au vernissage d'un artiste taïwanais. J'ai donc laissé ma valise dans le minuscule studio loué à la dernière minute au sous-sol d'un édifice quelconque, pas très loin de la galerie Ono, dans Ginza. J'ai pris une douche et je suis sorti.

Suzuko m'attendait devant la porte vitrée de la galerie, l'épaule droite appuyée contre un montant d'acier. Elle a spontanément lissé sa jupe du bout des doigts en me voyant arriver.

— Oh je suis contente de te voir !

On est entrés. L'éclairage acide irritait les yeux. On a fendu la foule côte à côte jusqu'au centre de la galerie, où se tenait une femme en robe de soie ocre et dorée, très ample et tellement légère qu'on l'aurait dite de feu.

— Je te présente Ono Ayumi.

— Ravie de te rencontrer.

— Moi de même.

Puis Ayumi a saisi mes deux mains dans un geste familier tout en s'adressant à Suzuko.

— On me parle encore de ta dernière performance, tu sais, on a tous très hâte à la prochaine.

— J'y travaille.

Puis Ayumi m'a regardé droit dans les yeux sans lâcher mes mains.

— Suzuko m'a dit que tu as publié un essai sur Sophie Calle. J'adore Sophie Calle !

— Euh… Suzuko t'a parlé de moi ?

— Évidemment.

Silence.

— Oh ne soyez pas embarrassés, vous deux.

Elle a légèrement incliné la tête vers l'avant et m'a lâché les mains, doucement.

— Vincent, j'y pense… si jamais tu voulais écrire un article sur l'expo de Li Yi-Fan, ce serait formidable. C'est un artiste prometteur. Je pourrais t'arranger un entretien avec lui cette semaine, si jamais ça t'intéresse.

— Ça me ferait plaisir mais j'écris surtout de la fiction… et en français en plus…

— Je vois… Mais prends le temps de regarder l'expo. Je connais bien la rédactrice en chef d'une revue d'art contemporain, en France – la revue *Initiales*. J'ai rédigé ma thèse entre Londres et Paris. Je pourrais te mettre en contact avec elle.

— Tu parles français ?

— Oh non non non pas du tout ! Je sais seulement dire « voulez-vous coucher avec moi ? »

— Euh… c'est un début.

— Haha. Joignez-vous donc au souper qui aura lieu après le vernissage. Ça me ferait plaisir. On sera huit ou neuf.

J'ai regardé Suzuko.

L'invitation avait l'air de la gêner mais elle n'a pas dit non.

Li Yi-Fan avait la jeune vingtaine. Jeans et chemise. Coupe mao. Et l'air déstabilisé par le fait que son vernissage attire autant de monde. Pour se détendre il buvait canette de bière après canette de bière qu'il perçait lui-même avec la pointe d'un couteau de poche. On aurait pu croire que c'était une performance (c'est toujours une possibilité dans ce genre de circonstance). De la main gauche, il tenait fermement la canette, de la droite, il agrippait le manche du couteau qu'il plantait dans l'aluminium d'un coup sec.

Et ce qui devait arriver arriva.

Li Yi-Fan s'est ouvert le poignet gauche de bord en bord.

La canette est tombée par terre. Le DJ a monté le son. Les regards se sont tournés vers Li. Il y a eu un bref moment d'émerveillement. Le sang pissait comme dans la scène finale de *Sanjuro* (un film de Kurosawa que Li était manifestement en train de citer). Les photographes mitraillaient les giclures avec des appareils munis d'objectifs disproportionnés. Les autres filmaient la scène avec leur téléphone. Mais le sang n'a pas pissé longtemps. Il n'y avait pas d'effets spéciaux. Li serrait son poignet gauche de sa main droite. Du sang plein la chemise, les pantalons, le plancher. Li à genoux. Un attroupement incertain autour. Entre l'étonnement, la curiosité, l'inquiétude. Li allongé par terre, inconscient. La foule comme tétanisée. Les murs blancs. Ayumi agenouillée dans la flaque de sang chaud. La robe de feu trempée aux franges. Li ne lui avait de toute évidence parlé d'aucune performance.

Alors il n'y a pas eu de souper après le vernissage. Ayumi a suivi Li Yi-Fan dans l'ambulance. Et les gens ont quitté la galerie avec l'impression d'avoir assisté à quelque chose de puissant. Mais ce quelque chose était-il de l'art ? Li s'était-il simplement ouvert le poignet par accident ? Accident ou pas, au fond, est-ce que ça importait ? D'une manière ou d'une autre, l'expérience esthétique n'avait-elle pas été extrêmement intense ? On en discutait, Suzuko et moi, en longeant l'avenue Shōwa, et je me sentais heureux, déjà, d'être rentré au Japon, ne serait-ce que pour trois semaines.

Les immeubles illuminés, longilignes, entièrement faits de lumière blanche, douce, apaisante. Et moi, engourdi de fatigue et fébrile, en même temps, à l'idée de passer le reste de la soirée seul avec Suzuko.

Nous avons bifurqué sur une petite rue à gauche, étroite, sombre et sans trottoirs.

— Alors, est-ce que tu penses écrire un article

sur l'expo ? Il y aurait sans doute beaucoup à dire sur le concept d'accident en art contemporain...

— Peut-être... mais des accidents comme celui-là, il en arrive des centaines par jour sans que personne se demande si c'est de l'art ou pas, non ?

— Hééé ! Et la référence à Kurosawa ? Simple coïncidence ?

— Je ne sais pas. Hummm... Mais bon... tu as regardé ce qui se trouvait derrière les trous percés à même les murs de la galerie ? C'était censé être ça, l'expo...

— Je n'ai pas eu le temps.

— Moi non plus. Il faudra que je retourne à la galerie avant de repartir à Montréal si je veux écrire un article le moindrement sérieux. Penses-tu que ton amie pourra m'arranger un entretien avec Li dans les prochains jours ?

— S'il survit.

— Haha.

— C'est pas drôle.

— Oh oui, non, évidemment, c'était un rire nerveux, pardon.

Nous avons suivi la petite rue sans trottoirs jusqu'à la zone industrielle enclavée entre Tsukiji (le marché aux poissons dont on venait d'annoncer le déménagement) et le jardin Hama-Rikyū.

Des bâtisses de briques beiges. Des fenêtres à

carreaux cassés. La carcasse d'une grue rouillée. Des voitures circulant au ralenti et des silhouettes louches aux coins des rues. Imperméables et bottes de pluie. Ça grouillait dans les conteneurs à déchets. D'énormes corbeaux massacraient les sacs à ordures. L'air pesant d'humidité sur nos épaules. Non mais qu'est-ce qu'on foutait à errer dans cette zone industrielle en plein milieu de la nuit ? Un chariot élévateur zigzaguait entre deux hangars devant lesquels des hommes fumaient tranquillement cigarette sur cigarette. Suzuko a extirpé de son sac à bandoulière une carte qu'elle a agitée devant une porte de garage tapissée de tags qui, lentement, s'est ouverte dans un horrible grincement métallique.

— Viens, entre.

L'endroit était plongé dans le noir. Suzuko s'y est enfoncée avec assurance. Je l'ai suivie à l'aveuglette. La porte de garage s'est refermée derrière moi. Un bref clic. Un grésillement électrique. Puis deux rangées de néons se sont allumées dans un flash au plafond.

Et j'ai vu.

La pièce foisonnait d'animaux. Des dizaines et des dizaines. Des oiseaux, des rongeurs, des félins, des mammifères, des batraciens. Partout. Les yeux brillants sous les néons fluorescents. La ventilation faisait frémir leur poil, leurs plumes. Une biche reniflait une poubelle. Trois pélicans regardaient par le carreau d'une fenêtre, le cou long, les ailes déployées. Deux lièvres semblaient sur le point de sauter d'un tabouret à l'autre. Des loutres dormaient en boule sous les tables, la fourrure luisante comme au sortir de l'eau. On entendait d'ailleurs un ruisseau couler au loin et des feuilles bruisser dans le vent. Ou presque. Suzuko circulait entre les animaux, les caressait l'un après l'autre derrière les oreilles, sous le bec, dans le cou.

— Un contrat pour le Musée national de la nature et des sciences de Tokyo.

— C'est magnifique.

— Merci mais je ne fais que restaurer leur collection. Ça m'intéresse moyennement.

Elle s'est arrêtée à droite d'un loup. Massif. Assis. Grosses pattes grises. Poitrail blanc. Gueule sauvage. Les yeux vides (deux billes noires traînaient entre ses pattes, où se trouvait aussi un mulot à moitié dévoré).

— Ce n'est qu'alimentaire.

— Le mulot ?

— Quoi ? Ah non. Je veux dire, ce genre de contrat pour les musées, c'est alimentaire.

Elle a soudainement paru déprimée.

— Tous ces animaux… Le seul dont je suis vraiment contente c'est ce petit mulot éventré, là, tu vois ? Les autres ont l'air trop vivants. C'est tellement faux.

La face du loup sans yeux faisait peur. Suzuko gardait une main sur la tête de l'animal comme pour l'empêcher de me sauter dessus.

— Veux-tu boire quelque chose ?

— Volontiers.

Je me suis assis sur un tabouret, évitant de croiser le regard vide du loup. Suzuko est allée chercher une bouteille de whisky dans une armoire vissée au-dessus d'un évier industriel, puis, du congélateur qui se trouvait à droite,

146

elle a sorti deux glaçons qu'elle a jetés dans deux verres.

— Kampaï.

J'ai pris une gorgée. Mon regard s'est ensuite posé sur une tête d'ours qui reposait sur une étagère de métal où se trouvaient aussi quelques grenouilles.

— Tu as remarqué la tête d'ours...

— Oui... Elle est belle...

J'ai pris une autre gorgée de whisky.

— C'est le directeur d'un musée régional qui me l'a envoyée. Le vestige d'un accident de la route. Il la conservait au congélateur depuis des mois et ne savait plus trop quoi en faire. Je l'ai vidée pour qu'elle se conserve mieux.

— Je me souviens qu'à Montréal tu m'as parlé d'une performance... C'était avec cette tête d'ours là ?

Elle a eu l'air de réfléchir un instant.

— Je te montre si tu veux.

Elle a calé son verre de whisky comme si de rien n'était. J'ai calé le mien en me brûlant la gorge. Puis elle est allée chercher la tête d'ours, qu'on a glissée ensemble sur sa tête à elle.

— Attention, oui comme ça. So so so, ok. Tu peux lâcher maintenant, merci.

— Où sont les trous pour les yeux ?

— Il n'y en a pas. Les yeux de l'ours n'arrivent pas vis-à-vis des miens. Pour que je puisse voir quelque chose, il faudrait que je perce des trous dans sa gorge… Et ce serait un peu effrayant, un animal à quatre yeux, non ?

Derrière le museau, la voix de Suzuko sonnait grave.

J'ai reculé d'un pas.

La tête d'ours lui couvrait la moitié des épaules. Suzuko l'a tenue à deux mains, d'abord, jusqu'à ce qu'elle repose en équilibre. Alors elle a légèrement fléchi les genoux avant d'allonger les bras devant elle à l'aveuglette.

— Approche.

Sa voix caverneuse. La gueule de l'ours. Les doigts humides de Suzuko que j'ai délicatement touchés du bout des miens, qu'elle a tout de suite serrés, puis tâtés dans tous les sens comme pour en évaluer la forme, en apprécier le poids, la température.

Elle m'a attrapé par les poignets, m'a tiré doucement vers elle jusqu'à ce que nos poitrines, nos ventres, nos cuisses se touchent.

J'avais le museau de l'ours en plein visage. Le poil rêche. Le nez sec. Une odeur de salive et de cuir. Mes doigts appuyés contre ses omoplates. Délicates comme les ailes d'un colibri. Ses bras serrés dans mon dos. Ça devait faire partie de la performance. Elle avait dit « je vais te montrer » alors elle me montrait. L'énorme tête d'ours. Le souffle à l'intérieur. Une sorte de raclement de gorge. Elle devait suffoquer là-dedans. J'y pensais tout en essayant de rester concentré sur la performance. Mais j'avais de la difficulté.

Je m'inquiétais. J'avais peur de serrer trop fort Suzuko dans mes bras. Ou pas assez fort. Ou mal. J'avais peur qu'elle s'ennuie. Je l'entendais soupirer, non ? Des bruits gutturaux derrière le museau. Son ventre qui se gonflait et se dégonflait avec amplitude. Puis de petits coups abdominaux, secs, comme si elle toussait.

Elle manquait d'air c'est sûr.

Je l'ai lâchée.

— Déjà ?

Sa voix râpeuse.

— Pardon, j'avais peur que…

— Ça va, Vincent ?

— Oui oui, toi ?

Je l'ai aidée à retirer la tête d'ours. Ses joues rouges étaient en sueur, sa peau marquée par l'intérieur raboteux de la tête. Elle cherchait son souffle.

— Il faudrait que… que je grossisse les canaux d'aération.

Je me suis dit que j'aurais dû la serrer plus longtemps dans mes bras, que j'en voulais plus. J'ai tendu les mains vers elle pour qu'on s'étreigne encore mais elle est restée sans bouger, les bras mous de chaque côté du corps.

Et je me suis senti stupide.

La performance était terminée.

Durant les trois semaines suivantes on ne s'est pas vus une seule fois. Les restaurations qu'elle devait compléter pour le Musée national de la nature et des sciences occupaient tout son temps. Raison pour laquelle Suzuko a demandé à un de ses amis, Pavle Jovovic, de me contacter. Il m'a écrit pour me donner rendez-vous devant la statue de Takamori Saigō et de son chien.

Midi. Parc d'Ueno.

Il y avait foule. Je me souviens du clic-clac des geta sur le ciment autour de la statue. Des groupes de femmes se prenaient en photo. Sourires fins, signes de peace, têtes inclinées sur le côté. Et il y avait cet homme qui sortait du lot. Très grand. Chemise à motif indéfini. Jeans noirs. Costaud. Barbe laineuse. Tuque de bandit posée au sommet du crâne. Anneau dans le nez. Et des lobes d'oreille percés de trous tellement larges qu'on aurait pu y faire passer une pièce de 100 yens.

— Salut, est-ce que tu serais Pavle Jovovic, par hasard ?

— Oha ! Tu dois être Vincent, content de te rencontrer !

Sa voix était chaleureuse, son accent japonais parfaitement tokyoïte. Je me suis penché pour le saluer. Pas lui. Il m'a vigoureusement serré deux secondes dans ses bras. Puis nous avons emprunté un large sentier achalandé.

Les cerisiers lourds de fleurs blanches. L'herbe vert tendre. Plusieurs femmes en yukata, certaines en kimono plus sophistiqué.

— Suzuko m'a dit que t'es écrivain.

— Ah elle t'a parlé de moi ?

— Bah juste un peu.

Il a ri.

Nous avons bifurqué à gauche d'un vieux temple bouddhiste et commencé à descendre un escalier de pierres.

— Suzuko a l'air très occupée avec ses taxidermies... J'ai acheté mon billet d'avion sur un coup de tête, j'aurais dû attendre et venir à Tokyo après son contrat.

— Mais non. C'est le meilleur temps de l'année pour visiter la ville. Il y a un mois on gelait, dans un mois on va cuire à la vapeur.

— J'aurais quand même pu...

— T'inquiète pas, Suzuko travaille toujours beaucoup, de toute manière. Que tu viennes à un autre moment n'aurait rien changé.

— En tout cas, je suis content qu'elle nous

ait mis en contact, sinon aujourd'hui je serais sûrement allé la déranger, j'aurais pas pu m'en empêcher.

— Héhé, pour ça il aurait fallu que tu saches où se trouve son atelier !

— Je le sais, on y est allés, elle et moi, après le vernissage de Li Yi-Fan.

Il a écarquillé les yeux en levant les bras en l'air.

— T'es sérieux ? T'es allé à son atelier ?

— Euh… oui… quoi ?

Rendu en bas de l'escalier, Pavle a tourné à droite, un peu sec. Je l'ai suivi. Il marchait vite tout à coup.

— Ça fait plus que dix ans qu'on est amis, Suzuko et moi, et elle m'y a jamais invité ! Depuis combien de temps est-ce que vous vous connaissez ?

— Euh… on a déjeuné ensemble une fois à Montréal il y a un mois. On s'est écrit un peu depuis, mais c'est tout.

Pavle s'est vigoureusement massé le visage de haut en bas, l'air désespéré. Deux pédalos en forme de cygne flottaient paisiblement dans l'étang à notre gauche.

— Vincent, je sais pas ce qui se passe entre Suzuko et toi, mais fais bien attention à elle, s'il te plaît.

Je n'allais vraisemblablement pas réussir à voir Suzuko une deuxième fois avant de retourner à Montréal. Du moins je ne m'y attendais plus quand elle m'a proposé de venir passer la dernière soirée de mon séjour à Tokyo à son atelier.

L'endroit était plein d'animaux empaillés, comme la dernière fois, mais leur disposition dans l'espace avait changé. Ils étaient alignés en rangs au fond de la pièce principale, on aurait dit les élèves d'une classe attendant la prise de photo scolaire. Habits neufs et nouvelles coupes de cheveux. Les plus petits devant (rongeurs et batraciens), les animaux de taille moyenne au milieu (oiseaux de proie, petits félins), et les plus grands derrière (une autruche et quelques quadrupèdes de bonne taille). Seul le loup se tenait à l'écart, assis devant une poutre de soutien. Poitrail bombé. Pelage hirsute. Gueule entrouverte. Yeux noirs et tristes. Des employés du musée allaient bientôt venir l'arracher à Suzuko, lui et tous les autres animaux.

Suzuko.

Elle portait une vieille salopette de travail kaki et une veste tachée. Ni douchée ni changée. Aucun effort particulier de sa part pour me plaire. Moi je portais ce que j'avais de plus beau. Des chinos bleu pâle et un t-shirt à tête de mort sérigraphié par une artiste d'Osaka. Ça clashait. Mais ce n'était pas très grave, je m'étais à peu près fait à l'idée qu'il ne se passerait rien, amoureusement parlant, entre Suzuko et moi. Sinon elle aurait trouvé du temps pour me voir entre mon arrivée à Tokyo et mon départ.

— Prendrais-tu un verre de whisky ?

— Volontiers. La dernière fois il était excellent.

— Oh cette bouteille-là je l'ai vidée il y a plusieurs jours. J'en ai une nouvelle aujourd'hui. Suntory. Un peu plus piquant, désolée, c'est du whisky commercial.

Elle est allée chercher dans l'armoire la bouteille, a ouvert un petit congélateur, a sorti deux glaçons qu'elle a jetés dans deux verres avant d'y verser le whisky. Nous sommes restés debout, hanches accotées au comptoir de cuisine.

— Comment t'est venue l'idée de la performance que tu m'as montrée l'autre soir ?

Elle a pris une gorgée de whisky.

— Quand on m'a donné la tête d'ours je… je

n'ai d'abord pas trop su quoi en faire. Je l'ai simplement vidée pour qu'elle se conserve mieux, comme je t'ai dit. Et... la nuit suivante j'ai fait un rêve.

Elle a pris une autre gorgée de whisky. J'en ai aussi pris une. L'alcool piquait la langue, en effet, avant de brûler la gorge.

— Dans le rêve, je me trouvais ici, dans l'atelier, et l'ours là, sous les fenêtres, mais entier, tu vois, le corps charnu (elle mimait l'ours en arrondissant le dos, sur la pointe des pieds, les bras larges, les jambes arquées et les joues gonflées). Il se tenait debout sur ses pattes arrière.

— Je vois.

— Celles de devant, il les tendait vers moi, comme ça, alors... alors je me suis approchée, timidement... et... je... je me souviens, dans mon rêve... c'est bizarre... j'avais peur mais l'ours avait l'air doux, je mourais d'envie qu'il me serre entre ses pattes. J'ai avancé vers lui jusqu'à me coller contre sa cage thoracique.

Elle a fait passer son verre de sa main droite à sa main gauche.

— Il était massif et moi minuscule, en comparaison. Il m'a enfermée entre ses pattes, et j'ai essayé de l'enlacer, fort et tendrement, moi aussi, mais mes bras n'arrivaient pas à l'entourer comme il faut, mes mains atteignaient à peine le commencement de son dos. Je l'empoignais par le poil et le tirais contre moi. Je sentais sa peau glisser sous sa fourrure, les muscles de ses flancs

155

contre mes avant-bras, la robustesse de ses pattes sur mes épaules.

Elle a déposé son verre au bord de l'évier. Le glaçon flottait dans le whisky comme un petit iceberg. Elle est allée chercher la tête d'ours et l'a posée sur le comptoir. Je l'ai spontanément caressée derrière les oreilles.

— Je me souviens qu'à un moment je me suis dit qu'il n'était pas normal de serrer un ours dans ses bras, que c'était sans doute très dangereux. Mais il était trop tard. C'est l'idée du danger qui m'a réveillée, je crois. Il n'y avait pourtant pas de raison d'avoir peur. Je me sentais si bien contre lui.

J'ai pris une deuxième gorgée de whisky.

— C'est grâce à ce rêve que m'est venue l'idée de ma performance : j'allais tout simplement porter la tête d'ours au milieu de la galerie, tendre les bras, attendre que les visiteurs et visiteuses approchent.

Elle a soulevé la tête d'ours en la tenant par les bajoues. Je l'ai aidée à l'installer en équilibre sur ses épaules.

Puis elle a tendu les bras devant.

Je lui ai attrapé les mains.

— Au milieu de la galerie... (sa voix était caverneuse, maintenant) à chaque fois qu'une personne commençait à me serrer contre elle... je me demandais combien de temps elle allait mettre avant de me repousser, combien de temps le rêve allait persister avant de s'évanouir.

Je ne suis pas rentré à Montréal le lendemain comme prévu. J'ai prolongé la location du minuscule studio où je logeais dans Ginza. Il n'était ni moderne ni charmant. Un lit simple occupait pratiquement tout l'espace. Du tapis usé à la corde par terre. Le plafond tellement bas que je me déplaçais tête penchée sur le côté pour éviter qu'elle y frotte. Autrement il y avait une toilette et une douche *deux en un* où se trouvait la seule fenêtre de l'appartement. Elle ouvrait directement au ras d'une rue commerciale. J'y voyais passer des pieds et des mollets, des chiens, des chats et des corbeaux. J'avais l'impression de prendre ma douche en plein milieu du trottoir.

Malgré tout j'aimais bien cet appartement. Il était bon marché. Il était situé au centre de Tokyo. Il n'était pas très loin de l'atelier de Suzuko.

J'ai commencé à enseigner l'anglais, en privé, au fils d'un couple d'architectes que Pavle m'avait présenté. Je n'avais pas de visa de travail mais je ne chargeais pas cher. Le couple m'a recommandé à des collègues à eux, qui m'ont à leur tour recommandé. Je me suis vite retrouvé à enseigner une vingtaine d'heures par semaine. Toujours dans des maisons extraordinaires, lumineuses de nuit comme de jour.

Je n'adorais pas enseigner l'anglais mais ce genre de travail me laissait beaucoup de temps libre pour écrire, ce que je m'appliquais à faire tous les matins, couché sur le ventre dans mon lit. Le reste de la journée, je prenais de longues marches en ville, la cartographiant mentalement et, le soir, j'allais visiter Suzuko à son atelier. La collection destinée au Musée national de la nature et des sciences avait disparu. L'espace était maintenant occupé par des dizaines de flamants roses. Un contrat de restauration pour le compte d'Isetan, un grand magasin situé à Shinjuku.

Les soirées qu'on passait ensemble à l'atelier se déroulaient toujours à peu près de la même manière. On discutait. On buvait du whisky. On en buvait plus. On en buvait plus encore. Elle tenait mieux l'alcool que moi. Tôt ou tard elle prenait la tête d'ours entre ses mains et on l'installait de peine et de misère, ensemble, sur ses épaules. On se déshabillait maladroitement, on se serrait fort et doucement. Sa peau moite, puis mouillée, puis glissante. Des luisances rosées couraient d'un bout à l'autre de son corps. Des plumes en suspension partout autour. Roses. Tous ces flamants immobiles. Morts. Des ailes arrachées. Des cous cassés. Suzuko et moi étendus sur une table ou sur le plancher de béton glacé. Son corps rutilant sous les néons. La tête d'ours chambranlante et le souffle rauque de Suzuko à l'intérieur. Les aréoles foncées de ses seins. Les tabourets. Les pots de colle et les ciseaux. J'aurais eu envie de voir son visage, quand on faisait l'amour, mais c'était hors de question. Sans la tête d'ours Suzuko refusait qu'on se touche.

Au début je trouvais la façon qu'on avait de faire l'amour pour le moins étrange. Mais les semaines ont passé et je me suis habitué. Bien sûr, la tête d'ours était lourde, encombrante, et Suzuko finissait par étouffer là-dedans. La formule n'était pas parfaite. Suzuko avait beau élargir les canaux d'aération, l'air ne circulait jamais sans entrave derrière le museau. En plus elle n'y voyait rien. Mais bon, il nous plaisait, à tous les deux, que notre vie sexuelle soit si franchement séparée du reste de notre relation. Il y avait un temps pour parler. Un temps pour voir les amis. Un temps pour se déshabiller, se toucher, faire l'amour. Les choses étaient claires.

Ou à peu près.

Suzuko m'avait raconté que petite elle portait souvent les têtes d'animaux qui traînaient dans l'atelier de son père. C'était le seul moment où il se permettait de la prendre dans ses bras, de la bercer, de la caresser dans le cou. Sinon il ne la cajolait jamais. Les têtes animales mettaient le père et la fille à distance, ce qui paradoxalement facilitait les rapprochements. Suzuko se sentait protégée. Elle se sentait forte. Elle se sentait vraie. Elle se sentait libre. Mais pareille situation ne pouvait durer éternellement. Le père de Suzuko a fini par trouver inconvenant, lorsqu'elle a été adolescente, de dorloter une fille à tête animale. Il s'est donc débarrassé de toutes les têtes qui traînaient dans son atelier et plus personne n'a pris Suzuko dans ses bras.

Personne.

Jusqu'à sa première performance.

J'étais en train d'écrire, à plat ventre sur mon lit, quand j'ai reçu un message de Suzuko.

Peux-tu passer à mon
atelier ?

          Maintenant ?

Oooui !

          Ça va ? Qu'est-ce qui
          se passe ?

C'est que j'ai comme
envie de...
Oh c'est une surprise !

          Ok j'arrive.
          Donne-moi 20 minutes.

(❀ ⌒‿⌒)

Suzuko ne m'avait jamais proposé de venir à son atelier aussi tôt dans l'après-midi. J'ai abandonné mon ordinateur ouvert sur le lit au milieu d'une phrase. J'ai pris une mini-douche, je me suis habillé, j'ai enfourché mon vélo. Et j'ai roulé. Aussi vite que j'ai pu. Shōwa-dori. Harumidori. Deux larges avenues bordées de gratte-ciel. Jusqu'au marché aux poissons. J'ai tourné à droite. Des mobylettes où s'empilaient des boîtes de polystyrène faisaient la navette entre le port et les restaurants du coin. C'était une des premières journées torrides de mai. Des hommes en long imperméable jaune pataugeaient dans leur sueur, bâtons blanc et rouge en main, tentant de chorégraphier la circulation des piétons, des camions réfrigérés, des chariots élévateurs. Apparemment sans succès. Je roulais sur la voie cyclable et j'ai de justesse évité de me faire frapper au moins trois fois avant de tourner à gauche sur la petite rue craquelée qui mène à l'atelier de Suzuko.

Entrepôts. Toits de tôle. Conteneurs à déchets. À deux pas du chic quartier Ginza. C'est fou Tokyo. Je pourrais y rouler non-stop jour et nuit sans jamais me lasser.

J'ai accoté mon vélo contre un arbre chétif, sec, à peine feuillu. J'ai enlevé mon casque et me suis ébouriffé les cheveux pour leur redonner une allure pas trop plate. Puis j'ai frappé à la porte de garage, qui s'est ouverte en grinçant de bas en haut, lentement comme dans un film de Muranishi, découvrant centimètre par centimètre les bottes à cap d'acier de Suzuko, le haut de ses mollets, nus, ses genoux parfaits, petits et ronds, ses cuisses blanches, son short effiloché, sa veste de travail, ses épaules de chat, son cou, ses lèvres légèrement gercées.

— Whisky ?

— Euh, ok, mais il n'est pas un peu tôt pour commencer à boire ?

Elle souriait, radieuse.

— Hééé ! Mais qu'est-ce que tu as ? Tu as l'air contrarié… Ça va ?

— Ça va, excuse-moi… C'est juste qu'il fait chaud et que j'ai roulé vite, j'avais hâte de te voir.

— J'avais hâte aussi ! J'ai quelque chose à te montrer, viens.

Elle sautillait en me tirant par le bras, excitée comme une petite fille en vacances.

— Les gens d'Isetan sont venus récupérer hier soir tous les flamants roses que j'ai restaurés ces dernières semaines. Je suis libre maintenant !

J'ai regardé autour, inquiet tout à coup. L'atelier complètement vide. Pas une plume. Pas un poil.

— La… la tête d'ours, je… Ils l'ont ramassée, elle aussi ?

— Hééé ! Mais de quoi tu parles ? La tête d'ours m'appartient, évidemment ! Je l'ai simplement rangée... pour le moment...

Puis elle a rougi en sortant une bouteille de l'armoire au-dessus de l'évier.

— Je la gardais pour une occasion spéciale. Vieillie cinquante ans.

— Wow.

Elle a sorti deux verres, a jeté deux glaçons dedans, y a versé le whisky. Un rituel bien rodé. La manière qu'elle avait de manipuler si délicatement les verres, les glaçons, la bouteille. Des gestes parfaits. Une seconde nature.

— Je mets toujours de la glace dans mon whisky, pardon, j'en ai aussi mis dans ton verre, ça te va ?

— Oh oui oui.

— Qu'est-ce que tu as fait ce matin ?

— Euh... j'ai tapé des mots sur le clavier de mon ordinateur. Et euh... ça me fait penser... il faut que je t'avertisse...

— Quoi ?

— J'ai commencé un truc... un roman où l'essentiel de l'histoire se déroule ici, à Tokyo. Je parle de toi, de ton atelier, de nous... C'est un peu autobiographique. Ça te dérange ?

— Ah... oh... non... Tu l'écris en japonais, cette histoire ?

— À l'écrit, mon japonais est tout juste assez bon pour les textos.

— Mais je ne pourrai pas lire ton livre si tu l'écris en français !

— Il n'est pas à la veille d'être publié, ça te donne le temps d'apprendre.

— Donne-moi dix ans.

— Hahaha !

— En attendant, kampaï !

On a bu quelques gorgées en silence, debout à côté du comptoir. Des arômes d'algue et de thé vert.

— Tu ne voulais pas me montrer quelque chose ?

— Hééé ! Oui !

Elle a bondi au fond de l'atelier, son verre de whisky toujours à la main, pour revenir vers moi en gambadant, une petite caisse sous le bras, qu'elle a posée sur le comptoir, tout sourire. Puis elle a extirpé de la caisse une touffe de poils roux et blancs qu'elle a serrée contre sa poitrine un instant avant de me la tendre.

Jamais de toute ma vie je n'avais touché quelque chose d'aussi doux. Des poils si fins. Si légers. Souples comme la soie la plus délicate.

— J'ai trouvé cette renarde ce matin à la fourrière. Des employés de la ville l'ont ramassée sur le bord du fleuve Sumida, derrière le marché aux poissons. C'est ce qu'on m'a dit. Je passe souvent par ce chemin à vélo pour venir à l'atelier. C'est tout près d'ici. Je me demande comment la renarde est arrivée là… Elle a probablement été frappée par un camion réfrigéré.

Il y a beaucoup de circulation autour du marché, surtout le matin, c'est dangereux.

J'ai examiné l'animal plus attentivement. Ses pattes arrière en zigzag. Son bassin aplati. Autrement, la renarde n'avait pas l'air trop mal en point. Sa longue queue duveteuse semblait avoir été épargnée par l'accident, de même que son museau.

— Que vas-tu faire de cette renarde, Suzuko ?

Trois jours plus tard Suzuko m'a donné rendez-vous, à 19 h, dans un square bétonné de Sumida. Je suis arrivé à 18 h 40. Au centre de l'espace un ginkgo. Ses feuilles en éventail. La moitié du square ombragé. Pas de vent. Pas d'oiseau. Un panneau indiquant où trouver le matériel d'urgence en cas de tremblement de terre.

Un chat tigré a lentement traversé la moitié du square, la queue en l'air, sans se préoccuper le moins du monde de ma présence. Suzuko est arrivée à vélo par la piste cyclable qui longe le canal. Elle a freiné puis posé un pied par terre en regardant sa montre.

— Je suis en avance, m'attends-tu depuis long-temps ?

— Non pas du tout, deux minutes seulement.

Le chat s'est langoureusement frotté contre son mollet en passant. Elle lui a caressé le dos une seconde. Il a continué son chemin.

— J'habite juste à côté, là, tu vois ? Derrière

l'immeuble rose, au quinzième étage (son visage s'est empourpré). Veux-tu monter ?

Elle a doucement replacé le sac à bandoulière qui pendait à son épaule. Elle ne m'avait jamais invité chez elle.

Quinzième étage.

Elle a tourné sa clé dans la serrure. Elle a tiré sur la poignée. Puis nous sommes entrés dans son appartement. Un petit cocon lumineux malgré le jour déclinant. Je me suis approché du mur de fenêtres et le plancher s'est mis à vibrer.

Deux secondes interminables. Suzuko n'a pas bronché.

— As-tu senti le tremblement de terre !?

— Quoi ? Quand ?

— Juste là.

— Ah non pas du tout, il y en a tellement, je ne sens que les gros.

— Elle est récente, cette tour d'habitation ?

— Construite dans les années 1990.

— Elle résisterait à un gros tremblement de terre ?

— Ça dépend comment gros, j'imagine.

— Hummm…

J'attendais la réplique en regardant par le mur de fenêtres. Dehors, la ville changeait de couleur à vue d'œil. Les rues passaient du gris, au rose, au violet, puis disparaissaient à l'horizon, avalées par le ciel. Le toit du musée d'Edo. Argenté. Comme une étoile.

170

— Veux-tu que je te montre ce que j'ai apporté ?

— Oh oui bien sûr, évidemment, pardon, je me suis fait absorber par le paysage. C'est beau.

Elle a tourné le regard vers les fenêtres.

— C'est moins humide en hiver, on peut apercevoir le mont Tsukuba au loin.

Puis elle a sorti une masse informe, roux et blanc, du sac à bandoulière qu'elle transportait. La renarde de l'autre jour. Du moins une partie. Je ne voyais ni queue ni pattes ni corps. Une tête seulement. Mais molle et plate, les oreilles rabattues, les canines sorties, deux trous béants à la place des yeux. Une tête dépourvue de crâne. Suzuko l'a prise à deux mains par l'encolure et j'ai vu qu'à l'intérieur le cuir semblait lisse. Il était mince et souple et léger. Il s'étirait comme du latex à mesure que Suzuko s'en recouvrait la tête. Deux faces l'une par-dessus l'autre. Dont les formes s'épousaient parfaitement. Un éclair de beauté. Un instant à peine. Parce que Suzuko s'est tournée dos à moi, les doigts posés sur la nuque.

— Pourrais-tu serrer les lacets ici, s'il te plaît ?

Sa voix était claire, naturelle. J'ai serré les lacets depuis le haut de son crâne jusqu'à la base de son cou en prenant soin de rentrer les cheveux de Suzuko sous le cuir pour qu'ils ne dépassent pas. Les poils de la renarde formaient d'irrésistibles vaguelettes entre mes doigts tandis que je finissais de lacer.

— Serre plus fort s'il te plaît.

— J'ai peur de te faire mal.

— Ne t'inquiète pas.

J'ai enroulé les lacets autour de mes poings pour tirer.

— Encore un peu plus fort, so so so, oui, comme ça.

Puis elle s'est retournée face à moi et j'en ai eu le souffle coupé.

Des raies blanches et rousses sur les joues. Le museau si fin. Les oreilles longues et pointues. Le pelage étincelant devant la fenêtre. Ses yeux ronds et luisants, cerclés de poils sombres.

— Oh ça te va tellement bien!!!

J'avais envie de me jeter sur elle mais je n'ai rien tenté, trop stupéfait pour avancer ne serait-ce qu'un doigt.

Allongés sur le futon. Elle dessus, moi dessous. La lumière d'une lampe tamisée par un bout de tissu. Les rideaux tirés. Son corps nu, léger, délicat. Sa tête de renarde dans la pénombre scintillante. Sa truffe dans mon cou. La fourrure de ses joues. Ses crocs mordant l'arrière de mon oreille gauche. Ses gencives. De la bave. Une coulure épaisse et sanguine. Elle serrait trop fort les mâchoires sans faire exprès. J'ai voulu éloigner sa gueule de mon cou mais j'avais les poignets liés. Les chevilles aussi. Attaché aux quatre coins du futon tandis qu'elle haletait, qu'elle gémissait et mordait de plus en plus fort.

— Attention, ça fait mal.

Mais elle a serré les dents plus furieusement encore. Comme un chien à qui l'on tente d'arracher un steak. Elle a grogné. Je me suis débattu en vain. J'étais bien attaché. Suzuko poussait mes épaules contre le futon avec ses mains. Ou non. Je n'avais pas réalisé qu'elle portait aussi les pattes de la renarde. Des sortes de gants lacés de la paume au poignet. Elle avait dû les enfiler à la salle de bain avant de venir me rejoindre sur le futon. Des griffes plus effilées que des aiguilles. Elle les plantait dans mes épaules et dans mon torse. Elle aurait pu me déchirer en deux si elle l'avait voulu. Mais elle ne faisait que me griffer. Ma peau quadrillée de sillons sanguins, légèrement boursouflés sur les côtés. J'aurais quand même préféré qu'elle y aille plus doucement. Ou qu'elle arrête. Mais je n'ai rien dit. Ses griffes pénétraient de plus en plus loin dans ma chair. Comme dans du poulet cru. C'est l'impression que ça m'a donnée. J'exagérais sans doute. Tout irait bien. Je guérirais vite. De toute manière chaque blessure me faisait l'aimer davantage. Le cou en lambeau. Baveux. Suintant. Sa peau tiède et humide. Impossible de ne pas bander raide. Peur et désir. Fabuleux combo. Je n'avais d'autre choix que de lui faire confiance. Elle me tuerait peut-être. Peut-être pas. Au fond qu'importe puisque j'étais avec elle. Suzuko. Elle ne voulait pas me blesser. Ce n'était pas de sa faute mais celle de ses griffes. Autrement ses gestes étaient doux. Ou pas. Je n'arrivais plus à réfléchir comme il faut. Je saignais beaucoup. Du cou, des épaules, du torse, du ventre. Je m'en foutais. Je mourais d'envie de l'embrasser, de glisser ma langue entre ses crocs. L'idée qu'elle puisse me l'arracher. Sa truffe humide de bave et de sang mêlé. Visqueuse et collante. La douceur de son haleine. Sa langue dans ma bouche.

La mienne dans sa gueule. Tandis que nos pubis frottaient l'un contre l'autre. Son corps s'est cambré. La sueur et le sang entre ses seins. J'en ai soudainement pris conscience. Le roulis de ses hanches. Nos poils pubiens emmêlés. L'os saillant de son bassin. Ses côtes comme les arêtes d'une truite. Mais partout la renarde. Plus seulement la tête et les pattes. Tout le corps. Un corps de renarde délicat et souple et magnifiquement sauvage. Que je souhaitais ardemment caresser. Mais toujours mes poignets sanglés au futon. J'ai tiré de toutes mes forces, puis relâché, puis tiré à nouveau, jusqu'à desserrer suffisamment les liens pour libérer un poignet. Mais je n'ai pas eu le temps de toucher le ventre de la renarde.

Je me suis réveillé.

Le corps tiède de Suzuko étendu contre le mien. La douceur de sa peau. Son odeur de cuir humide. Les lueurs de la ville derrière les rideaux. Sa truffe dans mon cou. Je n'étais pas attaché au futon. Elle s'était endormie avec la tête de renarde.

Le lendemain, Suzuko n'a pas enlevé sa tête de renarde de toute la journée. Ni le surlendemain. Ni le lendemain du surlendemain.

J'ai mis une semaine avant d'intégrer le fait qu'elle avait tout simplement commencé à porter sa tête de renarde à l'appartement comme ailleurs. Sans cesse. Jour et nuit. Elle marchait dans la rue, elle traversait les parcs, elle allait au bar et au café, au restaurant et au cinéma, au musée et à l'épicerie. Toujours avec sa tête de renarde. Je me souviens qu'au début elle attirait étonnamment peu l'attention. On la regardait comme on regarde les autres passants. Ou on détournait légèrement les yeux comme pour signifier qu'on n'accordait aucune importance particulière à sa tête animale.

Quand on allait manger des ramens près de chez elle, le serveur parlait à Suzuko de la chaleur et des orages de fin d'après-midi, de l'automne qu'il espérait et de l'hiver dont il préférait éviter de prononcer le nom (mais dont il se plaignait sans cesse, peu importe la saison). Suzuko discutait météo avec le serveur en attendant son bol de ramens. Quand le bol apparaissait sur le comptoir devant elle, elle séparait ses baguettes l'une de l'autre dans un crac avant d'aspirer les nouilles en sapant. À la fin elle s'essuyait le museau avec une serviette de table.

C'était trop mignon.

J'enseignais toujours l'anglais une vingtaine d'heures par semaine. Et quand je sortais d'un cours, Suzuko m'attendait parfois sur le trottoir avec Ayumi et on allait boire et manger dans un izakaya de Roppongi ou de Shinjuku. C'est dans un de ces endroits enfumés qu'Ayumi a proposé à Suzuko de venir performer à sa galerie avec sa tête de renarde. Une soirée s'était libérée entre la fin d'une expo et le montage de la suivante, vers la mi-juin.

Le jour de la performance, Suzuko portait des jeans trois-quarts, des tongs en plastique ordinaire et un t-shirt blanc rentré dans les pantalons. On a quitté l'appartement ensemble. L'ascenseur. Le hall d'entrée. Le gardien trop absorbé par l'incandescence d'un écran pour nous voir passer.

On est allés chercher nos vélos derrière l'immeuble avant d'emprunter la piste cyclable qui longe le canal jusqu'au fleuve Sumida. Soleil d'or. Eau noire. À gauche jusqu'au pont qui traverse vers l'autre rive. Sur l'avenue Shin-Ōhashi il y avait peu de circulation automobile. Quelques cyclistes aux feux rouges. Suzuko. Son casque de vélo lui écrasait les oreilles mais le museau blanc et roux de la renarde pointait, bien visible.

Nous avons tourné à gauche quelques rues avant la gare Centrale, sur Shōwa-dori, la plus importante artère de Ginza, jusqu'à la galerie Ono.

Ayumi nous attendait à la porte. Suzuko et elle sont allées directement au bar situé au fond de la galerie. Puis quelqu'un m'a attrapé par les épaules. Pavle. Je ne l'avais pas entendu arriver.

— Salut Vincent, comment vas-tu ?

— Un peu tendu, pour tout dire. Il y a beaucoup de monde… je croyais que ce devait être une petite soirée informelle entre deux expos.

— Les soirées informelles existent pas, à Tokyo.

— Oh je vais essayer de m'en souvenir…

— La dernière performance de Suzuko a connu un certain succès, les gens ont voulu voir ce qu'elle allait présenter aujourd'hui.

— J'ai hâte de voir, moi aussi.

— Elle t'a parlé de rien ?

— Non. Et j'ai pas eu conscience qu'elle ait préparé quoi que ce soit. Elle est pas allée une seule fois à son atelier ces dernières semaines. On a passé tout notre temps ensemble… c'est tout juste si elle venait pas enseigner l'anglais avec moi !

Pavle n'a pas réagi. Il ne m'écoutait qu'à moitié. Le regard rivé au bar où Suzuko discutait avec Ayumi.

— Elle est magnifique…

Sa voix rêveuse.

— Cette tête de renarde lui va si bien… Voilà plus de dix ans que je la connais, Suzuko… et… c'est fou parce qu'on dirait que je l'ai toujours connue comme ça, avec cette tête, je veux dire… C'est… c'est tout simplement elle.

On est restés figés un moment, Pavle et moi, comme hypnotisés, à regarder Suzuko à l'autre bout de la galerie. Puis elle a traversé l'espace dans notre direction, les yeux noirs scintillants comme des billes, la gueule flanquée d'un large sourire dentu, et en arrivant à ma gauche elle a saisi ma main entre les siennes et a enfoui le museau dans mon cou une seconde. Depuis qu'elle portait sans arrêt sa tête de renarde, elle se montrait affectueuse avec moi dans toutes sortes de circonstances.

Un assistant d'Ayumi nous a tendu des bières.

On les a bues trop vite.

Une soirée en galerie tout ce qu'il y avait de plus normal. Des attroupements disparates. Discuter. Boire. Rien d'exceptionnel. Rien. Sauf que Suzuko portait une tête de renarde. Deux photographes la photographiaient. Sinon personne ou presque ne lui accordait d'attention particulière. Les gens étaient venus voir une performance mais rien n'indiquait que la performance n'avait pas déjà eu lieu, ou qu'elle avait lieu maintenant, ou qu'elle aurait lieu plus tard. Dans ce genre de contexte mondain, arborer une moue blasée est généralement de mise. De toute manière, rien n'arriverait à supplanter le plaisir esthétique qu'avait procuré l'expo d'untel vu à Hanoï en décembre dernier. C'est ce qu'on disait.

On a tout bonnement passé la soirée à boire dans un coin, Pavle, Suzuko et moi. Rien de très performatif. Et pourtant. J'avais quand même l'impression qu'une performance avait lieu. Quelque part. Ici et là. Que le monde avait changé, ou qu'il changeait, ou qu'il allait changer.

Il n'était pas 20 h 30 quand Suzuko et moi avons quitté la galerie. Elle a mis son casque de vélo. J'ai mis le mien. Je lui ai demandé si elle voulait venir passer la nuit dans mon demi-sous-sol.

— Non, pourquoi est-ce que tu ne viendrais pas habiter chez moi, plutôt, tout simplement ?

— Est-ce que la proposition fait partie de ta performance ?

— Oh...

Elle a réfléchi, une minute, le bout du museau froncé.

— En fait oui, Vincent, maintenant que j'y pense, c'est vrai, la performance a commencé bien avant qu'on arrive à la galerie et se terminera bien après. Ma vie, notre vie, tout... tout fait partie de la performance, désormais.

Dans les semaines qui ont suivi, quelques articles ont été publiés à propos de la performance que Suzuko avait faite avec sa tête de renarde à la galerie Ono. La plupart des critiques d'art avaient d'emblée compris qu'il s'agissait, pour Suzuko, non pas de performer en galerie de temps en temps, mais bien de faire de sa vie entière une performance. S'il n'y avait pas eu l'air de se passer grand-chose, durant la soirée, c'était justement pour montrer qu'il n'y avait aucune différence entre l'espace de la galerie et l'espace hors de la galerie. Même quand il n'y avait personne pour voir la performance, une performance avait bel et bien lieu. Ce n'était pas fondamentalement nouveau. Mais le milieu de l'art contemporain tokyoïte s'est tout à coup mis à s'intéresser davantage – et de manière plus sérieuse – au travail de Suzuko ainsi qu'à la jeune et prometteuse galerie qui la représentait. De nombreux artistes, émergents ou bien établis, ont voulu attirer l'attention d'Ayumi sur leur pratique. Les dossiers de candidature s'accumulaient littéralement sur son bureau. Et ça tombait bien car la performance de Suzuko ne rapporterait pas un sou. Si Ayumi voulait soutenir financièrement la démarche de son amie, il allait donc lui falloir augmenter les revenus de la galerie. Raison pour laquelle elle a accepté de représenter Aoshima Chiho, une artiste intéressante, à la mode, et qui en plus se vendait bien.

Mais peu importe Aoshima Chiho.

Au mois de juillet, des citoyens de Tokyo ont commencé à suivre Suzuko dans ses promenades, publiant le chemin qu'elle empruntait en direct sur des cartes interactives. C'est grâce à ce genre de blogue que Wada Kenji, journaliste culturel, a entendu parler de Suzuko pour la première fois. En plein été, il n'y a jamais beaucoup de nouvelles à se mettre sous la dent. Avec l'histoire de cette femme à tête de renarde, il allait écrire l'article estival parfait.

La photo d'Arai Suzuko est parue le 12 juillet 2016 en première page du *Asahi Shinbun*, un journal tiré quotidiennement à huit millions d'exemplaires.

Et tout de suite après les gens se sont mis à fixer Suzuko quand elle passait dans la rue. Les plus hardis essayaient même de la photographier, feignant de viser le paysage urbain ou la vitrine fleurie d'un magasin. Et puisque je me promenais beaucoup en sa compagnie, on me photographiait aussi. Cet homme qui l'accompagnait, ce devait être son ami, ou son copain, ou son mari, ou son garde du corps. Chaque site internet élaborait ses propres hypothèses. Mais grosso modo personne ne s'intéressait à mon cas plus qu'il ne fallait. Les journalistes et les historiens de l'art n'en avaient que pour Suzuko et l'affaire m'allait tout à fait. C'était sa performance, pas la mienne.

C'est Ayumi qui s'occupait généralement des relations avec la presse. Suzuko préférait se tenir aussi loin que possible des médias. Ce qu'elle voulait était simple : qu'on la laisse vivre normalement avec sa tête de renarde.

Après un reportage diffusé sur une chaîne de télévision de Séoul, des touristes sud-coréens ont commencé à pointer du doigt Suzuko dans la rue, à se prendre en selfie à côté d'elle, à lui demander des autographes. C'était le premier reportage à être diffusé à son sujet à l'extérieur du Japon. Mais pas le dernier. Les demandes d'entrevue et de shooting photo s'accumulaient. Ce n'était pas facile de les refuser toutes. C'est pourtant ce que demandait Suzuko. La popularité compliquait déjà ses sorties. Suzuko quittait moins souvent l'appartement et pour moins longtemps. Mais c'était contre-productif car la rareté crée l'enthousiasme. Chacune de ses promenades se transformait ipso facto en événement performatif.

C'était de plus en plus pénible.

La foule de curieux grossissait chaque jour. Et pourtant. Il était hors de question que Suzuko enlève sa tête de renarde. L'été allait bien finir par finir. Les touristes allaient rentrer chez eux.

L'attention médiatique allait retomber. On aurait bientôt autre chose à faire que de suivre les errances tokyoïtes d'une femme à tête de renarde.

— Il va falloir que je sorte du Japon, bientôt, pour renouveler mon visa. Ça nous ferait du bien de changer un peu d'air, non ? J'ai vu des vols pas chers pour Séoul, début août. Ça te tente ?

On était assis en sous-vêtements sur le balcon, canette de bière à la main, après une journée passée entièrement à lire, à cuisiner, à faire l'amour. La ville brûlante. La fin d'après-midi poisseuse.

— Oh oui c'est vrai que changer d'air ferait du bien, mais en Corée, pour moi, ce ne serait pas relaxant du tout, si j'en crois la manière dont les touristes coréens m'abordent.

— Tu as raison, on ferait mieux d'aller ailleurs. Singapour ? Je n'y suis jamais allé.

J'ai pris une gorgée de bière. Elle était pétillante et froide.

— J'aimerais bien partir avec toi mais je ne peux pas.

— Bah… c'est pas grave. La prochaine fois je

penserai à mes histoires de visa plus à l'avance, ça nous donnera le temps de nous organiser.

— Je ne pense pas, non.

— Euh…

— Oh Vincent, je suis désolée… mais… je ne peux pas sortir du Japon parce que… pour la douane, eh bien… tu vois, il faudrait que j'enlève ma tête de renarde et… ce serait trop triste… je ne veux pas.

Des larmes perlaient dans ses yeux. J'ai rapproché ma chaise de la sienne sur le balcon. Ses bras en sueur. Ses jambes. Elle a doucement glissé sa gueule derrière mon oreille. La fourrure humide de son museau. Sa truffe étonnamment fraîche. Ses moustaches me chatouillaient la joue. J'en avais des frissons.

Elle est restée longtemps. Le museau niché dans mon cou. Elle sentait bon la fourrure et le cuir. Mes doigts dans son dos. Des gouttes de sueur dévalaient entre ses omoplates, le long de sa colonne vertébrale, imbibaient les bretelles de son soutien-gorge et mouillaient le bord de sa culotte.

Je suis parti seul en Corée du Sud renouveler mon visa.

Et quand je suis rentré à Tokyo une semaine plus tard, Suzuko m'attendait à l'aéroport, debout au milieu du hall des arrivées. Il y avait longtemps qu'elle était sortie dans un endroit aussi achalandé. Un attroupement s'était formé autour d'elle. J'y ai troué un passage. Suzuko. Elle sautillait d'excitation. Je n'ai pas pu m'empêcher de lui ébouriffer la fourrure tellement elle était mignonne.

— Oh arrête !

Elle était beaucoup plus joyeuse qu'avant mon départ. On est montés dans le train qui mène de Narita à la gare Centrale et dans le wagon absolument tout le monde regardait Suzuko. Ses joues blanches. Ses lèvres noires. La rousseur autour de ses yeux et sur son front. Sa gueule grande ouverte. On s'est assis l'un à côté de l'autre et elle a posé ses jambes par-dessus mes cuisses. Dans les transports publics, ça ne se fait pas. Mais elle le faisait. On la regardait plus intensément encore. Elle a reposé les pieds par terre. Elle poussait ma valise d'avant en arrière en souriant, l'air narquois, se trémoussant sur la banquette comme si elle avait très envie de faire pipi. Une sorte de spectacle vraiment bizarre.

— Vincent j'y ai réfléchi cette semaine et j'ai envie de pouvoir voyager hors du Japon avec toi et peut-être retourner un jour à Montréal rencontrer ta famille et apprendre le français (elle parlait vite sans prendre son souffle) j'ai donc décidé de me faire faire un passeport avec ma tête de renarde.

— Oh.

— Quoi ? Avoir un passeport fait partie de la vie normale, non ?

— Oui oui, c'est sûr.

— Hééé ! Tu penses que je n'y arriverai pas ?

— Attends, non, je veux dire, oui, c'est juste que je n'y ai pas pensé pendant une semaine comme toi, moi. L'idée me surprend, c'est tout. Et… bon… je ne veux pas être pessimiste mais… il faudra convaincre le Bureau des passeports japonais et ce ne sera pas facile… Ça m'étonnerait que ce soit l'organisme le plus progressiste du monde.

Elle a froncé le museau.

— Oui c'est vrai. Mais voilà, c'est la prochaine étape de la performance. Je veux que le gouvernement me considère comme une personne normale.

— Moi je te trouve tout à fait normale.

— Oh non ! Pour toi je suis extraordinaire, évidemment !

Elle a remis ses jambes sur mes cuisses.

— Haha, il faudrait que tu choisisses, soit tu es normale, soit tu es extraordinaire.

— Pour toi je serai extraordinaire et pour le Bureau des passeports je serai normale, voilà !

Je mourais d'envie de lui ébouriffer le museau encore une fois.

— Écoute ça. J'ai commencé à me renseigner et… par exemple… les personnes qui ont changé de sexe réussissent sans trop de complications à obtenir un passeport qui reflète leur nouvelle identité. Les femmes qui se font agrandir les yeux, refaire le nez, gonfler les lèvres, elles aussi reçoivent de nouveaux documents officiels, et facilement en plus ! Tu sais, maintenant, grâce aux technologies biométriques, aux empreintes digitales, à la reconnaissance de l'iris, les douaniers de partout dans le monde pourront très bien m'identifier. Oh ! Et j'ai lu quelque chose de vraiment très intéressant ! Un Britannique a subi une greffe de visage l'an dernier... Eh bien la Grande-Bretagne vient de lui délivrer un passeport ! Pourquoi est-ce que je ne pourrais pas en obtenir un, moi, avec ma nouvelle tête ?

Médiatiquement parlant, Suzuko n'avait jamais voulu qu'on s'intéresse à sa tête de renarde. Elle en avait même toujours éprouvé une sorte de malaise. Plus maintenant. Car elle comptait se servir des médias pour arriver à ses fins.

Elle acceptait désormais toutes les propositions d'entrevue et ne parlait que d'une seule chose : son projet d'obtenir un passeport à l'image de ce qu'elle était au quotidien. Si elle arrivait à convaincre la population du bien-fondé de sa requête, le gouvernement n'aurait pas d'autre choix que de l'approuver. Après tout il s'agissait simplement pour elle de bénéficier des mêmes droits que les autres membres de la société. En général, le milieu de l'art contemporain japonais soutenait sa démarche. La directrice du Musée national d'art moderne de Tokyo avait même pris la parole pour faire valoir, publiquement, que le Japon, qui se targuait de se trouver, en Asie, à l'avant-garde des pratiques artistiques, était en train de se faire damer le pion par les pays alentour. C'était l'occasion rêvée, avant les Jeux olympiques, de se montrer ouvert, moderne, voire futuriste. Tout à fait l'image que le Japon souhaitait projeter à l'étranger.

Mais le Bureau des passeports ne voulait rien entendre. Jamais un document officiel ne serait délivré à une femme, artiste ou pas, qui porterait une tête de renarde. C'est du moins ce que le ministre japonais des Affaires étrangères répétait sur toutes les tribunes.

Jusqu'à ce que la Corée du Sud offre la citoyenneté à Suzuko.

Le Japon n'a pas voulu perdre la face.

Une enveloppe provenant du Bureau des passeports est arrivée un an plus tard, le 5 septembre 2017. Par courrier recommandé. Le facteur a tendu à Suzuko un écran sur lequel confirmer la livraison du colis. Puis l'homme a eu l'air embarrassé. Il ne quittait pas le cadre de porte et fouillait dans un sac. Il en a extirpé un carton sur lequel était dessinée, dans un style enfantin, une espèce de renarde à deux pattes. En arrière-plan apparaissait une tour semblable à la tour Eiffel (la tour de Tokyo). Le facteur a ensuite demandé à Suzuko, d'un ton faussement officiel, si elle accepterait aussi d'apposer sa signature au bas du carton.

Arai Suzuko.

Le facteur s'est cérémonieusement plié en deux avant de reculer pas à pas, lentement, s'inclinant plus bas à mesure qu'il s'éloignait, remerciant mille fois Suzuko d'avoir autographié le dessin de sa fille, qui allait sauter de joie car elle aussi voulait se faire renarde, à présent.

Les filles et les garçons qui veulent changer de tête ne sont pas rares.

On s'est assis ensemble sur le futon. Sa mine sérieuse. Le poil de ses joues légèrement hérissé. Les oreilles roux et blanc dressées au sommet du crâne. Le regard noir. Elle a déchiré l'enveloppe. Elle a sorti le passeport. Un document bourgogne marqué du sceau impérial du Japon. Elle tournait et retournait le carnet entre ses mains, hésitante. J'ai serré Suzuko contre moi. Puis elle a délicatement ouvert le passeport à la première page.

— Oh regarde !

Dehors il pleuvait à torrents quand le téléphone de Suzuko s'est mis à sonner.

— C'est Ayumi, je vais répondre, d'accord ?

— Oui oui.

— Oha Ayumi… So so so… Bien sûr mais…
Hééé ! Tu crois ? Oh permets-moi d'y réfléchir
un peu… Oui aussi vite que possible.

Puis elle a raccroché.

— Qu'est-ce qu'elle voulait ?

— Elle dit que le Musée national d'art moderne et contemporain de Séoul aimerait me voir
performer.

— Où ça ?

— Hééé ! À Séoul dans une de leurs galeries !

— Oh…

Des gouttes de pluie mitraillaient furieusement le mur de fenêtres. On s'est redressés au
bout du futon, dos au mur, genoux entre les
bras.

— Qu'est-ce qu'en pense Ayumi ?

— Je ne sais pas. Elle ne faisait que me

transmettre l'invitation. Je lui ai dit que j'allais y réfléchir... Mais je vais dire non. La performance, c'est simplement ma vie, pas ce qui se déroule en galerie, je pensais que tout le monde avait compris !

— Les gens comprennent, évidemment, mais ils veulent tirer profit de toi. Tu fais bien de refuser l'offre si elle ne te plaît pas.

Les gouttes de pluie frappaient de plus en plus violemment contre le mur de fenêtres. On aurait dit de la grêle.

— Oh Vincent, ce que j'aimerais, c'est de pouvoir vivre normalement, comme tout le monde.

Elle frissonnait.

— Si tu enlevais ta tête de renarde, on te regarderait moins, c'est sûr.

— Hééé ! mais c'est impossible !

— Pourquoi ?

— Comment... comment est-ce que tu pourrais m'aimer, avec mon visage ordinaire ?

J'ai ri.

— Je suis sérieuse !

— Moi aussi je suis sérieux. Franchement, t'es drôle.

Elle a passé ses bras autour de mon cou. Fourrure lustrée. Yeux perçants.

— C'est ce que tu voudrais, que j'enlève ma tête de renarde ?

— Non. Je veux dire, pas spécialement.

Dehors, il pleuvait toujours à verse. Elle a niché comme elle le faisait si souvent son museau derrière mon oreille. Ses poils étaient plus soyeux que d'habitude. Son souffle plus chaud. Ses crocs plus acérés. Ma vie aurait pu se terminer là. J'aurais été parfaitement heureux.

— Et si tu leur faisais une petite surprise, au musée de Séoul ? On pourrait aller s'y promener ensemble comme si de rien n'était. Sans les avertir. Ce serait ça, la performance. La vie tout simplement.

— Oh je ne sais pas.

— Tu t'es battue avec tant d'ardeur pour obtenir ce passeport, tu pourrais en profiter au moins un peu, non ?

— Oui… mais… la Corée du Sud, je ne suis pas certaine que ça me tente… Si… si on allait à Montréal, plutôt ? J'aimerais bien revoir la librairie où on s'est rencontrés. Et le parc avec les écureuils… Ça te dirait ?

On a acheté deux billets d'avion pour le mois suivant. Arrivée à Montréal le 4 octobre. Au paroxysme des couleurs de l'automne. Enfin on l'espérait.

En attendant, Suzuko s'est remise au travail tous les jours, à son atelier, chose qu'elle n'avait pas faite depuis des mois. Avant de quitter l'appartement, à l'aube, elle me laissait un mot d'amour sur la table de chevet. Et lorsqu'elle rentrait, en fin d'après-midi, elle ne me disait rien de ce qu'elle avait fait de sa journée à l'atelier. Elle me racontait simplement le chemin parcouru pour s'y rendre, comme si arriver où que ce soit ne servait absolument à rien.

Elle préparait une performance. Je le sentais. Sa fébrilité. Une sorte de sautillement du cœur. Et le regard qu'elle posait sur la ville. Les lueurs du matin. Des reflets dorés. Elle s'en émerveillait. Aux petites heures du jour. À vélo. Le chemin ravissant. Elle aurait aimé que sa vie soit entièrement faite de ce genre de promenade anonyme. Passer entre le fleuve et le marché aux poissons de Tsukiji. Par là des travailleurs allaient et venaient sans lui porter la moindre attention, chargeaient et déchargeaient des conteneurs.

Le marché aux poissons occupe une zone énorme. Une ville dans la ville. Animée tôt le matin et morte l'après-midi.

Rien ne garantissait que la douane canadienne
accepterait le passeport japonais de Suzuko. Pour
m'en assurer j'ai pris rendez-vous à l'ambassade
du Canada. Un immeuble austère entouré d'un
jardin de pierres. Avenue Aoyama. À deux pas
du cimetière du même nom. Et à ma grande surprise c'est l'ambassadeur lui-même, Ian Burney,
qui m'a accueilli. Un homme mince et grison-
nant. Dents de lapin et lunettes métalliques. Il
avait été avisé (par je ne sais quelle agence de
renseignement) qu'Arai Suzuko s'était procuré
un billet d'avion pour Montréal. Il tenait donc
à m'assurer personnellement qu'elle pourrait
entrer au pays sans problème, cela, en vertu des
accords en vigueur entre le Canada et le Japon.
Il fallait cependant s'attendre à un petit comité
d'accueil spécial à l'aéroport. Quelques journalistes. Quelques politiciens. Quelques curieux.
Il y aurait peut-être aussi une brève poignée de
main avec Justin Trudeau car début octobre il
serait en visite au Québec.

Ce genre d'attention allait évidemment agacer Suzuko, qui aurait préféré arriver incognito à Montréal. Mais j'ai été pris de court. L'ambassadeur m'a ouvert la porte et m'a poliment invité à sortir de son bureau.

J'ai quitté l'ambassade avec une impression désagréable.

Je suis resté immobile une minute devant le jardin de pierres. Des sillons de cailloux. Trois monolithes effilés. Des îles qui percent une mer grise. Puis je suis retourné à l'intérieur du bâtiment demander qu'on laisse Suzuko arriver au pays tranquille mais personne n'était plus disponible pour me recevoir. Il m'aurait fallu prendre un autre rendez-vous.

Je suis entré dans le cimetière situé à côté de l'ambassade. J'ai roulé au hasard, essayant de réfléchir à la meilleure stratégie à employer pour convaincre l'ambassadeur de laisser Suzuko voyager au Canada sans flafla. J'avançais lentement sur le chemin central, pavé, plat, bordé de stèles plus ou moins hautes, craignant que tout aille à Montréal comme à Tokyo pour Suzuko, que les journalistes s'emballent, qu'on la suive dans la rue, qu'on l'empêche d'exister normalement. Elle portait une tête de renarde. On n'allait jamais la lâcher avec ça.

Des chats sans queue traversaient les sentiers en courant. Je pédalais. Des chats sans queue bondissaient d'une stèle à l'autre. Hummm... J'avais lu quelque part qu'on coupait la queue des chats, à l'époque d'Edo, pour empêcher qu'ils se fassent attraper par les mauvais esprits. J'y pensais. Je roulais. Retardant autant que possible le moment où il me faudrait rentrer à l'appartement annoncer à Suzuko le genre d'accueil qu'elle devait s'attendre à subir en arrivant à Montréal.

Je suis descendu de vélo. Je l'ai accoté contre un arbre. Et j'ai commencé à errer à pied d'un sentier à l'autre dans le cimetière. Peut-être qu'on devrait annuler notre voyage à Montréal. La chaleur du midi. L'herbe brûlée. Une femme vêtue d'un yukata, le dos courbé, le visage effondré.

— Bonjour madame.

Elle a levé les sourcils et toute la peau de son visage s'est levée aussi. Une sorte de lifting d'un instant, qui tout à coup donnait à voir sa figure de 20 ans. Elle a appuyé une main sur une tombe. L'air épuisé.

— Avez-vous besoin d'aide ?

— Non merci, je viens seulement nourrir les chats.

Sa voix était franche et assurée. À l'entendre, il était clair qu'elle n'avait besoin d'aucune aide, malgré son yukata usé, sa large ceinture à moitié effilochée, ses geta qui ne lui retenaient le gros orteil que par une molle lanière de chanvre. Un foulard sale dans les cheveux. Un sac de plastique FamilyMart au bout d'un bras. Et des dizaines de chats qui lui tournaient avidement autour. La femme ne semblait pourtant pas pressée de les nourrir.

— Pardon de demander, mais… j'ai entendu dire qu'à une certaine époque on coupait la queue des chats pour empêcher les mauvais esprits de prendre possession de leur corps. Est-ce qu'on coupe toujours la queue des chats, aujourd'hui, à Tokyo ?

Elle a soulevé les sourcils, faisant apparaître à nouveau des traits de jeune femme, une seconde, avant que le visage ne s'écroule comme dans un glissement de terrain.

— Bien sûr que non ! Ce serait de la cruauté animale !

— Alors pourquoi est-ce qu'aucun des chats qui vous entourent n'a de queue ?

Elle a sorti une tête de poisson du sac FamilyMart. Elle l'a lancée devant elle. Trois chats et deux corbeaux se sont brutalement jetés dessus. La femme a chassé les corbeaux en leur donnant des coups de pied. Les trois chats se sont battus en miaulant jusqu'à ce qu'un d'entre eux se sauve avec la tête de poisson.

— Vous savez, monsieur, que les chats ont neuf vies ?

— Euh… non…

— Ils ont donc aussi neuf queues. Elles poussent l'une après l'autre.

— Ah bon…

— Les chats que vous voyez ici ont épuisé toutes leurs vies, donc toutes leurs queues. C'est pour apprivoiser la mort qu'ils se tiennent au cimetière. Ils sont affamés. Je les nourris.

Puis elle a jeté une autre tête de poisson dans l'herbe.

Quand je suis rentré à l'appartement, Suzuko était toujours dehors. 15 septembre 2017. Le mur de fenêtres. Le jour déclinant. Les lueurs irréelles. Je songeais à notre séjour à Montréal, au désir que Suzuko avait de retrouver les lieux de notre rencontre. Quand deux policiers ont cogné à la porte.

— C'est vous le mari d'Arai Suzuko ?

— On n'est pas mariés mais on habite ensemble. Qu'est-ce qu'il y a ?

— Il y a qu'elle a eu un accident sur le bord du fleuve, derrière le marché aux poissons. Il est interdit de circuler à vélo par là, c'est dangereux, elle s'est fait frapper par un camion réfrigéré.

Les jambes molles.

— Elle va bien ?

— Ne vous inquiétez pas, oui, elle va bien. Une ambulance l'a conduite à l'hôpital. On vous y amène, si vous voulez.

Je me suis retrouvé assis sur la banquette arrière d'une petite voiture de police. Ne vous inquiétez pas, oui, elle va bien. C'est ce qu'ils m'avaient dit, avec assurance. Mais qu'est-ce qu'ils en savaient vraiment, ces deux policiers ? On roulait lentement. J'aurais aimé qu'ils allument les gyrophares et qu'on file à toute vitesse. Si c'était grave, c'est ce qu'on ferait, ce n'était pas grave, donc. C'est ce que je me répétais pour me calmer. Les piétons nous dépassaient. J'aurais dû prendre mon vélo. J'avais envie d'ouvrir la portière, de courir à l'hôpital. Mais quel hôpital, déjà ? Est-ce qu'ils me l'avaient dit ? On aurait pu emprunter l'autoroute aérienne plutôt que de zigzaguer d'une petite rue à l'autre. Des feux rouges interminables. Le matin blanc. Les trottoirs bondés. Une ambulance. L'hôpital.

Les policiers m'ont souhaité bonne chance.

Au comptoir d'accueil j'ai demandé où se trouvait la chambre d'Arai Suzuko. La réceptionniste m'a souri, rassurante.

— Oh Arai Suzuko, elle a été admise il y a deux heures à peine.

Tout allait bien. Une petite blessure c'est tout.

— Attendez ici, s'il vous plaît, quelqu'un viendra vous chercher dans une minute.

Je me suis assis dans une salle presque déserte. Sur une chaise. Dos au mur. Le plancher ciré. Le plafond suspendu.

Puis un jeune médecin est venu. Il m'a amené

dans son bureau. Il m'a annoncé que Suzuko était morte.

Après.

J'ai suivi le médecin à travers un corridor. Blanc et vide. Le bruit de nos pas qui adhéraient au plancher ciré. L'ascenseur. En silence. Quatrième étage. Un autre corridor. Vide et étouffant. La vision trouble. Plus une goutte de salive. Plus de jambes pour marcher.

— C'est ici.

— Quoi ?

— La chambre.

J'y suis entré.

Sur la table à côté du lit un sac de plastique transparent. À l'intérieur, des clés, un portefeuille, un téléphone qui tout à coup s'est mis à vibrer. Il se promenait dans le sac comme un être vivant. Suzuko. Des choses dans un sac transparent. Un appel. Un sac. Des choses. Le lit. Le corps sous un drap blanc. La tête de renarde. Sale et aplatie. Sur la table. À côté du sac. Suzuko. Je n'ai pas osé ébouriffer le museau. Il avait l'air mou. Il avait l'air mort.

Je me suis approché du lit. Il aurait fallu que quelqu'un me serre dans ses bras pour m'aider à tenir. Une forme sous le drap. Le visage d'humaine de Suzuko, il y avait plus d'un an que je l'avais vu. Je m'en souvenais à peine. J'ai hésité.

Trois minutes ou trois heures. Puis j'ai soulevé le drap. Les yeux fermés. Puis je les ai ouverts. Et j'ai vu. Sa peau humide et grasse. Son cou d'un blanc naturel. Ses oreilles, fines comme des roses. Ses cheveux plats. Ses lèvres pâles.

Et ses paupières.

Des paupières sanguines. Rougeoyantes comme un coucher de soleil. Bordées d'une ligne vermillon comme si on avait découpé le tour au scalpel. Des paupières. Elles lui dévoraient le front et les joues. L'impact de l'accident. Le pare-chocs du camion. Des paupières. Seulement. Comme je n'en avais jamais vues. Épaisses et suintantes. Magnifiques et terribles. Des paupières qui allaient certainement, pour toujours, me hanter.

DU MÊME AUTEUR

Aux Éditions Héliotrope

LE CADAVRE DE KOWALSKI, 2015.
LA CHAIR DE CLÉMENTINE, 2017.
LE FANTÔME DE SUZUKO, 2021, 2024 pour l'édition française (Folio nº 7505).
LES OMBRES FAMILIÈRES, 2023.

COLLECTION FOLIO

Tous les papiers utilisés pour les ouvrages
des collections Folio sont certifiés
et proviennent de forêts gérées durablement.

Composition Nord Compo
Impression 🚂 *Grafica Veneta*
à Trebaseleghe, le 24 mars 2025
Dépôt légal : avril 2025

ISBN 978-2-07-308007-3 / Imprimé en Italie

639467